Rebel Rebel

I Owen Martell,
ffrind da ac awdur a hanner

Rebel Rebel

JON GOWER

yLolfa

Argraffiad cyntaf: 2016

Cynllun y clawr: Tanwen Haf

Rhif Llyfr Rhyngwladol: 978 1 78461 295 5

Dymuna'r cyhoeddwyr gydnabod cymorth ariannol
Cyngor Llyfrau Cymru

Cyhoeddwyd ac argraffwyd yng Nghymru
ar bapur o goedwigoedd cynaladwy gan
Y Lolfa Cyf., Talybont, Ceredigion SY24 5HE
e-bost ylolfa@ylolfa.com
gwefan www.ylolfa.com
ffôn 01970 832 304
ffacs 01970 832 782

Diolch

Carwn ddiolch i Meinir yn y Lolfa am ei mewnbwn deallus a'i brwdfrydedd hael ac i Lefi am dderbyn y llyfr yn y lle cyntaf. Diolch hefyd i Nia am dacluso a chymoni'r testun, i Tanwen am gynllunio'r clawr ac i Menna Angharad am gael defnyddio'r llun 'Gobennydd'. Ymddangosodd ambell stori yn *Taliesin* a diolch yn fawr i Angharad Elen a Sian Melangell Dafydd am eu gwaith da wrth y llyw tra'n golygu'r cylchgrawn. Mae'r diolch mwyaf i Owen Martell, am ddarllen y fersiynau cyntaf oll, gan gynnig barn cadarn a deallusrwydd eang yr awdur hynod hwn.

Cynnwys

Rebel Rebel

AMBELL WAITH MAE stori fel breuddwyd, yn cyrraedd
ganol nos, yn gwyfynu'n dawel drwy ffenest â sŵn pitw,
pitw fel siffrwd sidan, yn nyfnder nos, pan mae'r byd yn
dawel a'r lleuad fel llong olau, yn hwylio ar fôr o gymylau, a
rhoi rhimyn disglair i bob un. A gall stori sy'n cyrraedd bryd
hynny, yn enwedig os yw hi'n stori sy'n eich dihuno, deimlo
fel stori bwysig, fel stori go iawn, un sy'n cynnwys pobl
go iawn *ond*, ac mae hi'n *ond* go fawr, mewn sefyllfaoedd
dychmygol. Neu sefyllfaoedd breuddwydiol, os taw act o
ddychmygu yw breuddwyd. Mae'n fwy tebygol taw act o
brosesu ydyw, cymryd yr hyn sydd wedi digwydd i chi yn
ystod y dydd, y miloedd, y degau o filoedd o bethau sydd
wedi digwydd i chi, a'u prosesu fel eu bod nhw'n gwneud
synnwyr, i ryddhau'r patrwm yn yr holl anhrefn. Pwy a
ŵyr? Nid oedd Sigmund Freud, er enghraifft, yn gwybod
rhyw lawer am hanfod breuddwydion, mae'n debyg, â'r byd
wedi ailasesu ei gyfraniad erbyn hyn. Na Carl Jung chwaith.
Nac R. D. Laing. Mae pob seiciatrydd yn nytar yn ei ffordd
ei hun.

Dyma'r freuddwyd i chi. Dyma'r stori. Dyma'r ddwy'n
asio ac yn plethu ac yn, wel, priodi. Dyma freuddwyd am
ganwr roc. Am David Bowie. Dyw hi ddim fel taswn i'n
ffan mawr. Ond Prince, ar y llaw arall... Hawdd dychmygu
y breuddwydiwn am Prince. Secsi ar y naw ac yn athrylith.

Ond mae e wedi ein gadael a mynd i gyd-ganu â Bowie, fel rhyw Shangri-Las angylaidd, neu Ronettes nefol. Y ddau yma wnaeth gynnig trac sain i fy arddegau, a datblygu wrth i mi ddatblygu. Artist o'r radd flaenaf, Ziggy.

A dyna ni. Nid ni sy'n penderfynu cynnwys a sylwedd a braslun ein breuddwydion, y straeon ffilmiau ganol nos. Na, yr hen beiriant gor-soffistigedig 'na, yr ymennydd, sy'n gwneud hynny, y rhwydwaith o gerhyntau bychain, y trydan sydd fel y mellt tawelaf ond mwyaf pwerus – sbarciau bywyd, ontyfe? Hwnnw, yr ymennydd, sy'n dewis, yn didoli ac yn pennu'r ffordd ymlaen.

Llithrwch gyda mi i ganol y freuddwyd, felly, a thrwy hynny gallwch ymgolli yn y stori. Gadewch i mi eich tywys. Ni fydd rhaid i chi aros lle ry'ch chi i ddarllen y geiriau hyn – yn gorwedd ar y gwely, neu'n nythu mewn cadair. Torrwch yn rhydd. Byddwch ysgafn eich ymhediad. Codwch fel gwyfyn, yn ysgafn uwchben y geiriau, yna edrych i lawr ar y clawr. Sbïwch ar y tudalennau oddi tanoch, mwynhewch y teimlad. Byddwch rydd. Nid yw eich corff ond plisgyn bellach…

Mae hi'n gefn drymedd nos, yn Berlin. Mae rymblan y trenau U-Bahn yn cario ac yn crynu'n dawel, i greu tremolo mecanyddol yn ymysgaroedd Bowie wrth iddo gysgu. Sŵn pellennig daeargrynfâu bychain y cerbydau sgleiniog tanddaearol sy'n teithio yn eu blaenau'n ddwfn a phwrpasol. Ry'n ni yn yr Almaen, wedi'r cwbl, lle mae

'Vorsprung durch Technik' yn arwyddair melodïol – nid tonic sol-ffa ond Tiwtonig sol-ffa. Maen nhw'n mynd ac yn mynnu mynd, y cerbydau hyn, ymlaen â nhw o dan y tir, torri drwy dawelwch silc-sidan y nos bob awr, 24/7. Clywir y lein U-Bahn o Alt-Tegel i Alt-Mariendorf yn cario'r yfwyr meddw, dwl-'da-Pilsner, ac yn cludo'r gweithwyr shifft, ynghyd â'r rheini y mae'r trenau'n gartref iddynt. Yn cario'r bobl hurt a'r hen gariadon i'w gwlâu, a'r glanhawyr a'i fintai sy'n gweithio mewn poptai, a'r DJs i'w gwaith, i'w cartrefi ac i'r ffin. O Borsigwerke, drwy Leopoldplatz, ymlaen i Stadtmitte a Mehringdamm, mae'r concrit a'r metel yn crynu yn y siambrau hirion dan ddaear, ac mae hyd yn oed cyrff lleuog y llygod mawr wrth ochrau'r traciau yn crynu wrth i'r metel symud, symud. Y bobl, y metel, y cerbydau'n symud yn eu blaen â momentwm sydd yn atseinio y tu fewn i'r dyn hwn sy'n methu cysgu'n iawn, wrth i'r crychion bychain o sŵn, y daeargrynfâu bychain bach gyrlio yn ei glust.

Mae Bowie'n meddwl, yn ei anhunedd, am rai o'r tlodion sy'n byw ar y trenau, yn begera ac yn cysgu ar daith ddiddiwedd, U-Bahnaidd o gwmpas crombiliau Berlin, fel byddin garpiog, newynog, goll. Maen nhw'n llenwi'ch ffroenau cyn i chi eu gweld nhw. Yn byw eu bywydau moel dan ddaear. Ond y crynu 'na, a'r sŵn 'na mae'n ei glywed o bell, yw'r hyn sy'n dylanwadu arno, yn y cyflwr insomniac hwn, rhwng cwsg ac effro.

Mae'n codi o'r gwely ac yn mynd i'r lle chwech. Nid yw'r dyn sy'n llechwra yn y drych yn edrych yn sbesial. Bowie. Ei lygaid yn goch fel machlud haul yn Zanzibar.

Dim ond yn ystod y misoedd diwethaf mae rhai pobl wedi dechrau defnyddio ei gyfenw'n unig. Bowie. Rhai o'i ffrindiau, hyd yn oed. Ond nid Brian, y gŵr sy'n cynhyrchu'r albwm. Brian Eno. Ie, Eno. Fel y moddion stumog. Mae e, Brian, yn dal i'w alw'n David. Ond dyna ni, fe allwch drystio dyn o'r enw Brian, gadael iddo rannu gwely gyda'ch gwraig, neu roi cyfrinair eich cyfri banc iddo. Mae'n swnio fel enw rheolwr banc.

Eno.

Bowie.

Y ddau wedi eu hailenwi fel petaen nhw wedi diosg eu croen, eu hanes, gadael normalrwydd a throi'n greaduriaid rhithiol, arallfydol. David a Brian. Bowie ac Eno. Gyda'i gilydd yn Berlin yn recordio caneuon sydd yn mynd i fyw am byth. Para'n hirach na Tutan-blydi-khamun. Cymryd pob cyffur dan haul er mwyn gwireddu eu breuddwydion cerddorol gwyllt.

Yn ôl yn yr ystafell wely, dyw Bowie ddim yn nabod y ferch sydd yn gorwedd nesaf ato, â'i gwallt o liw gwellt a'r bronglwm lledr – ond dyw hynny ddim yn anghyffredin iddo. Nac ychwaith y teimlad o fod ar goll y funud y deffra. Ei geg yn sych. Bylbiau ei lygaid ar dân. Mae'n edrych ar y ferch am ennyd, yn gwrando ar rythm ei hanadlu tawel, tyner, y bît mwyaf hanfodol, elfennol, trawiadol. Trawiadau'r galon, meddylia. Mae David yn ei bedyddio hi â'r enw Helga ac yn camu'n sigledig, fel dyn ar stilts, allan i'r gegin fach dwt a hynod effeithiol – fel y mae popeth yn yr Almaen – ac yn rhoi'r tegell i ferwi. Daw golau glas ar waelod y teclyn. Mae e'n gobeithio y bydd coffi cryf yn ddigon i drin y cryniadau yn ei ddwylo, ond yn ei galon mae'n gwybod taw gobaith gwag yw hynny. Ar y radio mae yna gân yfed erchyll o Bafaria yn chwarae, wm-pa, wm-pa, a phrin y gall ei atal ei hun rhag taflu'r blydi radio drwy'r ffenest i Morganstrasse islaw. Tania sigarét, y mwg yn neidr asur ym mhelydrau haul y bore cynnar sy'n gwneud iddo grychu'i lygaid, sgwintio fel dyn mewn poen, wrth iddo danio un ffag arall o weddillion y gyntaf.

Erbyn hyn mae Helga ar ddihun ac yn edrych arno'n swil.

'Bowie,' meddai. '*Guten morgen*, Bowie.'

Nid yw'n hoffi'r datblygiad yma gyda'i enw, ond mae e wedi bod yn creu personâu newydd iddo'i hun bob whip-stitsh a sdim rhyfedd nad oes yna gysondeb rhwng yr hyn y mae pobl yn ei alw fe a'r meidrolyn sy'n sefyll ym mhelydrau'r haul sy'n strobio drwy'r cyrten ar ei gorff noeth. Bore 'ma, nid yw'r nicotin yn ddigonol. Yn wir, nid yw'n teimlo effaith y cyffur, a braidd ei fod yn medru blasu'r sigarét, er ei fod yn smocio Balkan Sobranie. Mae ei geg yn sych. Mae ei groen ar dân. Mae angen ffics arno, ond mae'r rhan o'i ymennydd sy'n dal i weithio yn dweud wrtho bod angen cael gwared ar y fenyw yn y gwely, ei rhoi hi ar ei ffordd i'w gwaith neu adref cyn iddo allu chwilio am wythïen dew a'r gwres a'r rhyddhad a ddaw o gwrso'r ddraig: y ddefod ddioedi o doddi'r powdwr ar y llwy hanner modfedd uwch y fflam ac yna sugno'r hylif i mewn i'r nodwydd ag un symudiad sicr a chyffroëdig. Ie, symudiad llawn cyffro wrth i'r nodwydd anelu am y man ar y croen sy'n mynd i waedu'r diferion bychain, y rheini'n cymysgu mewn silindr bach gwydr, ac yna... ond cyn hyn mae'n rhaid cael Helga o'i gwâl, ac allan drwy'r drws.

Guten morgen, Helga. *Auf wiedersehen*, Helga. Bant â ti, nawr, er mwyn i David... ie, David Bowie sy'n sefyll fel Adonis wedi camu oddi ar y llwyfan o dy flaen, yn diolch iti am dy gwmni lyfli ond mae Bowie'n gorfod mynd nawr, cariad, ody, ody, mae e'n y stiwdio heddiw ac, wrth gwrs, gall e dy weld di 'to. O'r diwedd mae hi'n gadael, ac yn lle'r glec arferol mae siffrwd sidanaidd y drws yn tanlinellu ei swildod hi wrth adael, wrth gofio ei bod wedi caru gyda David Bowie.

Bowie...

... Sydd yn gwasgu pin siarp i'w groen, a'r golau gwyn yn rhuthro drwy U-Bahn ei wythiennau, pylsau pur o bleser yn saethu'n syth i'w ben, i gronni yno a chreu coron euraid fyddai'n ei gysuro fel het Jiwdas. Beth? Het Jiwdas – beth mae hynny'n ei olygu? *Ch... ch... ch... changes!* Chi'n disgwyl i Bowie ddeall arwyddocâd yr het ar ei ben, yr un sy'n disgleirio'n tsiep. Coron, i frenin y cyffuriau. Ond nid oes coron yno, dim ond rhith cemegol.

Nid hyn oedd i fod i ddigwydd. Symudodd i orllewin Berlin i osgoi'r drygs, i gael ychydig o lonydd, seibiant bach o'r holl arbrofi, y diffyg cwsg, y colli gafael. Doedd rhannu fflat gydag Iggy Pop ddim yn syniad da yn hynny o beth. Am ddyn gwyllt, y gwylltaf ohonyn nhw i gyd, efallai. Mae unrhyw un sy'n torri ei frest gyda raser bob nos ar lwyfan yn leiabiliti a dweud y lleiaf. Yn y fflat 'ma, yn Schöneberg, gydag Iggy a phob grwpi rhwng fan hyn a'r Finland Station. Ond roedd y miwsig yn dda yn y ddinas, a'r gwaith recordio yn mynd ffwl pelt. Beth ddywedodd Tony, y cyd-gynhyrchydd? 'This is the music of tomorrow', heb dinc o eironi. Heb yr un tinc.

Erbyn i Bowie godi'r eilwaith, roedd hi'n dechrau nosi. Cofiodd i rywun guro ar y drws ac yntau ynghanol ei drwmgwsg morffin, fel rhywun yn chwarae drwms mewn rhyw ogof nid nepell o'r fan. Falle taw Iggy oedd wedi penderfynu dod draw i gysgu, ond doedd hynny ddim yn debygol iawn gan ei fod e, yr hen Igs, wedi cymryd digon o gocên y noson o'r blaen i aros ar ddihun tan Ddydd y Farn, neu o leiaf nos Fercher nesaf – gram a hanner wedi eu hwfro i fyny'i ffroenau mewn llai o amser nag a gymerai hi i chi ddweud 'tri dyn gwyn yn Dusseldorf'. Iggy druan. Wastad ar garlam, wastad yn hyperffrenetig. Ond eto yn gyfaill mynwesol. Dim ond rhywun arall a oedd yn byw i dorri'r rheolau allai ddeall chwant David, y byw er mwyn torri cwys newydd.

Roedd y gweithwyr dydd yn ymlwybro tuag adref wrth i Bowie fynd allan i grwydro'r strydoedd. Doedd e ddim yn hapus iawn, nid yn unig oherwydd y cym-down ar ôl yr heroin ond oherwydd bod ei reolwr wedi ffonio i ddweud nad oedd y cwmni recordio'n hapus â chyfeiriad y miwsig roedden nhw wedi bod yn ei recordio dros y bythefnos ddiwethaf. Sut ddiawl oedden nhw'n gwybod sut siâp oedd ar y stwff newydd? Doedd dim tapiau y tu allan i'r stiwdio a dim ond y cerddorion, Brian a Tony a'i gyn-reolwr, Ben Fong, oedd wedi clywed y stwff. Ben, y diawl! Fe oedd y snitsh. Roedd e wedi bod yn boen tin ers iddynt wahanu, ac yn arbennig felly oherwydd ei fod wedi cadw nifer fawr o hawliau ariannol iddo'i hun. Teimlai Bowie ei ddwylo'n crynu o feddwl am y dyn, y paraseit mewn siwt sidan. Y wên ffals a'r sleim ar ei ddwylo! Y llygaid madfall rheibus a'ch hoeliai chi fel petai'n asesu cleren i'w ginio.

Cerddodd Bowie i mewn i'r bar ar gornel y stryd a dechrau'i waith cyfansoddi dros wydraid o Pilsner a aeth yn syth i'w ben am nad oedd wedi bwyta fawr ddim ers dihuno.

Yn y parlwr tatŵ cymerodd Rolf lymaid o frandi yn fyfyriol – y sip fel yfed fflam noeth – cyn dechrau ar waith a fyddai'n para pum awr. Roedd y ferch eisiau llun o'i hoff ganwr, David Bowie: delwedd ohono ar ei chefn, i wenu ar y byd rhwng ei hysgwyddau perffaith. Mynnodd air â hi cyn cychwyn oherwydd roedd eisoes wedi gweld digon o ffans yn dod ato i geisio cael gwared ar datŵ ar ôl i'w seren arbennig bylu. Cofiodd am datŵ enfawr o bob aelod o'r Eagles yn chwarae eu gitârs bedair modfedd uwchben pen-ôl menyw, a ddaeth yn ôl i'r parlwr un diwrnod a dweud nad oedd hi'n gallu gwrando ar eu miwsig nhw bellach.

Ond roedd Helga'n benderfynol, felly cymerodd Rolf sip bach arall i dawelu'r nerfau, a sicrhau bod pob llinell yn gywir cyn dechrau. Canolbwyntiodd am hanner awr ar y wên ryfedd 'na – rhyfedd oherwydd y dannedd yn anad dim. Doedd Bowie erioed wedi gweld orthodeintydd, gallai Rolf fod yn gyfan gwbl sicr o hynny.

Edrychodd y ddau ar waith Rolf. Pefriai'r llygaid,

gwenai'r dannedd cam, fel rhywbeth mewn mynwent ar ôl tirlithriad, a'r cerrig beddi wedi'u hanner moelyd. Campwaith. Ie, campwaith o datŵ.

Fe welodd hi Bowie bythefnos yn ddiweddarach, ac roedd ar dân i gael dangos y tatŵ iddo. Roedd e'n eistedd ynghanol criw o bobl, mewn bar ger pont Bösebrücke, yn dathlu gorffen yr albwm diweddaraf. Doedd hi ddim yn teimlo taw dyna oedd y foment ddelfrydol i ddangos y tatŵ iddo, ond gwyddai ei bod yn bosib na welai mohono fyth eto. Felly, cerddodd ato ar ei hunion, plannu cusan ar ei foch a gofyn iddo ddod draw at y bar er mwyn iddi gael dangos rhywbeth iddo. Dyn poléit ar y naw fuodd Bowie erioed, a chododd yn syth i'w dilyn. Dangosodd y portread iddo. Cwympodd ei wep. Roedd y ddelwedd yn syllu arno, yn syth o groen byw y fenyw ac, yn ei ffordd, roedd e cystal â Titian. Ond taw fe ei hun oedd yno – haen o inc, yn y cnawd, uwchben y gwaed. Rhyfeddodd Bowie at gywreindeb y gwaith ond roedd hefyd yn achos cryn letchwithdod iddo. Byddai Helga'n gorfod byw gyda'r tatŵ am byth, a hynny yn sgil un noson o ryw.

Y noson honno, mae Helga'n aros yn y fflat unwaith eto, ac mae sawl moment pan mae'n teimlo ei bod yn y gwely gyda duw. Canys duw yw Bowie yn ei golwg hi. Yn y bore mae e'n cysgu, ac yn edrych fel angel, ond angel sydd wedi ei friwio, ac mae hi'n cusanu ei dalcen ac yn gadael neges fach ar ddarn o bapur. *Danke*, David, ac yna ei henw llawn a'i chyfeiriad – fflat fechan lawr ar y Braun-Strasse – a'i rhif ffôn. Ond wrth iddi blygu'r papur ar y bwrdd, gŵyr o'r gorau na fydd e'n dod yn ei ôl, oherwydd mae ei waith yn

y ddinas hon wedi dod i ben. Bydd e'n ôl yn Lloegr cyn
bo hir.

Enw'r albwm, pan gaiff ei ryddhau, yw *Lodger*, ac mae
ei glywed am y tro cyntaf yn sioc, a hithau wedi clywed
Bowie'n chwibanu ambell un o'r melodïau yn ei gwsg.
Nid yw'n swnio fel y ddau albwm arall a recordiodd yn
Berlin, meddylia. Ar ôl wythnosau daw i ddeall y geiriau
Saesneg, a'r syniadau am ddyn, y Lodger yma, yn crwydro,
yn ddigartref, ar goll mewn byd o dechnoleg estron a
chymhlethdodau.

Ac mae hi'n parhau i brynu albymau, dros gyfnod hir,
ac yn meddwl am Bowie ambell waith. Dyw hi ddim yn
priodi, nac yn setlo lawr. Yn hytrach, mae hi'n dod o hyd
i waith fel ysgrifenyddes i gwmni adeiladu, sy'n ffynnu
mewn cyfnod o ailgodi'r ddinas, y craeniau mawrion i'w
gweld ymhobman uwch y toeau. Ac mae hi'n gwrando ar
ei fiwsig, holl albymau Bowie bron bob nos. Ond nid ei
fiwsig e'n unig. Byddai hynny'n *rhy* obsesiynol.

~~ ~~

Un bore, ddegawdau'n ddiweddarach, a Bowie wedi priodi
ac wedi dioddef salwch, mae'n penderfynu ei fod am weld y
tatŵ, yr un grëwyd flynyddoedd maith yn ôl. Er ei fod wedi
colli'r papur yn nodi'r cyfeiriad a'r hen, hen rif ffôn, mae'n
cofio'i henw llawn hi'n iawn, ac wrth gwrs, nid Helga oedd
hi. Na. Mae ei henw, Angelika Wilhelmine Lenneck, wedi
aros yn y cof – er bod cymaint o bethau eraill wedi ffoi, neu
ddiflannu, neu gael eu claddu ers y tatŵ. Ie, y tatŵ Titianaidd

ohono a wnaed flynyddoedd maith yn ôl. Pan oedd yn ifanc. Pan oedd perfformio'n hawdd. Pan deimlai'r pŵer i fesmereiddio cynulleidfa yn cynyddu â phob cyngerdd.

Esboniodd wrth ei wraig ei fod am geisio dod o hyd i'r fenyw, er mwyn gweld y tatŵ unwaith yn rhagor. Gofynnodd i'w ysgrifenyddes gysylltu â chwmni o dditectifs preifat, â'r enw syml Germany Private Detectives, i geisio dod o hyd i Angelika. A chymerodd hynny lai nag wythnos – ac i gael lluniau ohoni hefyd. Nid oedd GPD yn gwybod beth oedd pwrpas yr ymholiad, ac yn sicr doedd ganddyn nhw ddim syniad pwy'n union oedd wedi gofyn iddyn nhw ddod o hyd i'r *fräulein* yma oedd yn byw ar ei phen ei hun, mewn fflat ddigon shimpil yr olwg, ac a oedd yn cadw at rwtîn syml iawn. Fe wnaeth hynny'r gwaith o ddod o hyd iddi'n hawdd.

Ar ôl derbyn y cyfeiriad, nid oedd Bowie'n gwybod beth yn union i'w wneud, beth oedd y protocol, os oedd yna brotocol parthed cysylltu â menyw nad oeddech chi wedi'i gweld ers chwarter canrif a mwy. Ond roedd 'na ryw ysfa, rhyw chwant i weld y tatŵ eto, ac yn wir, roedd hefyd yn cofio sut y bu iddi gynnig dim iddo, dim ond ei thynerwch, heb ofyn am unrhyw beth yn gyfnewid. Mae'n archebu car i fynd i Heathrow, ac yn hedfan ar yr awyren nesaf i'r Almaen.

Cerdda ar hyd yr hewl, y *strasse* llwydaidd, gydag ambell gawod o ddail palalwyfen yn disgyn oddi ar y coed ac yn glynu at y palmant yn batrymau aur, dail o aur hydrefol. Hydref oer mewn dinas lwyd. Mae'r lliwiau'n adlewyrchu sut y teimla ar y tu fewn. Mae'n teimlo'n hen bellach, ei wefusau'n teimlo fel dail crin, ac er ei fod wedi sefyll a chanu o flaen cynulleidfaoedd enfawr, mewn stadia ben baladr, mae'n teimlo'n nerfus wrth iddo nesu at y drws. Gwrthododd y gwahoddiad i fynd yno mewn car. Gwyddai y byddai rhywun o'r cwmni recordiau wedi gofyn am limo, a fyddai'n siŵr o ddenu gormod o sylw. Cura ar y drws, ac mae'r atsain oddi mewn yn awgrymu tŷ heb fawr o stwff, heb fawr o ddodrefn.

Dyw e ddim yn ei hadnabod hi i ddechrau, a'r blynyddoedd wedi sugno ei gwaed a'i lliw, wedi britho'i gwallt, ac wedi tynnu llinellau dyfnion mewn golosg ar hyd ei thalcen ac o gwmpas ei llygaid, a rhai trwchus iawn ar hyd ei bochau. Fel sillafu anhapusrwydd.

'David,' meddai'n syml, gan agor y drws led y pen ac amneidio arno i ddod i'r tŷ.

Mae'n gorfod plygu ei ben i fynd dan gapan y drws. Yn yr ystafell mae'n sylwi ar boster ohono yng nghyfnod *The Spiders from Mars*. Mae ei wisg yn fwy syber o dipyn y dyddiau hyn.

Eistedda, ac mae Angelika yn cynnig te mintys iddo. Ers pryd mae e'n rhywun sy'n yfed te mintys? Neu unrhyw de o gwbl, o ran hynny? Cofia'r cyfnod pan na fyddai'n yfed dŵr na the na choffi, dim ond byw ar gyffuriau. Ond nawr, dyma fe'n eistedd fan hyn yn disgwyl am baned o de mintys.

'Wyt ti wedi dod i weld y tatŵ?' gofynna wrth estyn y baned iddo, mewn cwpan ac arno lun Lou Reed.

'Ydw,' meddai'n swil.

Heb ffys, mae'n dangos y tatŵ, lliwiau'r inc erbyn hynny

wedi rhedeg i'w gilydd, a'r llinellau siarp wedi'u smwtsio braidd. Nid yw'n adnabod ei hun – mae ei ên go iawn yn fwy solet na'r fersiwn ohono mewn inc lliw leim. Mae'n deimlad hollol wahanol i weld portread o Dorian Gray – yr wyneb go iawn yn newid tra bo'r llun mewn olew yn aros yr un fath. Y tatŵ sydd wedi newid, mae hi, Angelika, wedi newid, ond dyw e, David, ddim wedi newid o gwbl. Ddim yn arwynebol o leiaf – mae pobl yn dweud ei fod wedi heneiddio'n aruthrol o dda.

Mae'n yfed ei de mintys ac yn edrych ar yr hen fenyw a gysgodd gydag ef pan oedden nhw ill dau'n ifanc, ac ar y tatŵ. Y lliwiau wedi pylu. Y llinellau wedi toddi. Mae blas bywyd ar y mintys. Mae'n siarp, weithiau, ond yn gyson felys. Balm o flas, te cysur. Mae hi'n sipian y te mintys ac yn meddwl am Bowie, sut mae'r dyn wedi goroesi ac ail-greu ei hunan yn gyson, yn gwybod sut i fod yn geffyl blaen, ac i aros ar y blaen.

Ni all orffen ei baned. Mae'n teimlo'n rhy hen i yfed, i sipian hyd yn oed. Fel y mae hi wedi blino aros amdano fe. Mae hi'n dal ei ddwylo yn ei dwylo hithau. Cyffyrddiad cyffredin, gweithred bob dydd o gysur a gwres a sylw i rywun. Ond mae'n fwy na hynny, oherwydd dwylo David Bowie sydd yno, yn dwt, fel esgyrn ffowlyn, ond yn gynnes yng nghawell eich bysedd.

Mae'n debycach i wyrth.

Os y'ch chi wedi bod yn aros amdano ar hyd eich oes, yn disgwyl i'r Starman ddod at y drws, mae'n wyrth. Ac roedd pob eiliad yn werth yr aros, a byw'r bywyd plaen fel bywyd lleian.

Dyma fe.

Aladdin Sane.

Y Lodger.

Dyma fe.

Yn mwmian neu wylo cân â'i lais yn gryg, yn llawn emosiwn.

Cyn iddo ddod ato'i hun. Sobri. Stopio crynu.

A gofyn a gaiff e aros.

'Please may I?'

A hithau wedi paratoi'r gwely iddo bob nos ers tair blynedd ar hugain, beth all hi ddweud? Mae hi'n symud, a phob math o deimladau a gwahoddiadau yn gymysg yn yr un symudiad syml hwnnw. Yr olwg. Y llaw yn glynu'n dynn mewn llaw arall.

Yn ei dywys.

Y dyn hwn, sydd wedi blino.

Nodyn bach am gariad

NAWR 'TE, ER mwyn rhoi ychydig bach o gyd-destun i'r stori sy'n dilyn, cawn un dyfyniad ac ambell ystadegyn...

Y dyfyniad yn gyntaf (a maddeuwch yr iaith fain): 'Love is in the air, everywhere I look around' gan Andrew Gold, o'r gân 'Love is in the Air' wrth gwrs. Cân bop, yn llawn sacarin.

A nawr yr ystadegau, sef y pethau hynny mae pobl – o hysbysebwyr i wyddonwyr – yn eu defnyddio i roi arlliw o wirionedd i'w celwyddau noeth, di-sail.

Mewn arolwg cynhwysfawr o dros 512 pâr o gariadon ar gyfer y cylchgrawn *My Perfect Marriage* roedd pob pâr a holwyd (ar gyfer rhifyn arbennig mis Awst, sydd, fel y gwyddoch, ddwywaith maint rhifynnau arferol, oherwydd dyma'r adeg o'r flwyddyn pan mae'r rhan fwyaf o gariadon yn penderfynu dyweddïo, rhywbeth i'w wneud â phaill yn yr awyr efallai) wedi awgrymu taw'r lle perffaith i dreulio mis mêl yw naill ai Mawrisiws neu Ynysoedd y Seychelles.

Nid oedd yr un o'r trueiniaid yma'n medru dweud ble'n union roedd y naill ynys na'r lleill ar fap y byd. Yn wir, credai Lenny a Beatrice o ardal Birmingham fod Mawrisiws yn yr Alban, tra bod pâr arall yn eithaf sicr eu bod nhw'n siarad Ffrangeg yn y Seychelles ac felly ei bod yn dilyn bod yr ynysoedd rywle ger arfordir Ffrainc. Yn wir, mewn un achos, gwrthododd y darpar ŵr ateb mwy o gwestiynau twp a bu bron iddo golli ei dymer gyda holwr *My Perfect Marriage*, gan ei ysgwyd yn druenus, fel teriar â'i ddannedd yn styc mewn llygoden fawr.

Arllwysodd Beatrice lasaid o ddŵr dros Lenny. Dim byd rhy ddramatig, dim ond dŵr, ond roedd hynny'n ddigon i ddwyn ei urddas. Yn y ffeit gorfforol a ddilynodd, hyrddiwyd nifer o bethau i'r llawr, fe gollwyd llygad gwydr y fenyw (oedd yn gyfrinach nes iddo gwympo rywle'n agos at y pysgodyn aur oedd yn hyper-ocsigeneiddio dan y ddreser). Penderfynwyd, ar y foment honno, nad oedd dyfodol i berthynas y ddau, ond mae'r dyn yn hapus ddigon, yn edrych ar y ffwti'n nosweithiol wrth yfed lager tsiep o Aldi, a'r fenyw'n canlyn yr union newyddiadurwr o *My Perfect Marriage* a ddaeth i'w holi nhw yn y lle cyntaf. Mae'r ddysgyl bron yn wastad eto. Bron. Nid yw Lenny'n medru anghofio Beatrice. Diflannodd o'i fywyd yn ddisymwth, fel gwib pysgodyn aur, yn troi gyda fflach sydyn o'i gynffon ac anelu at ehangder y dŵr agored.

Mewn pedwar llais

CWTA FIS OEDD cyn y briodas ac roedd nerfau Melys fel nadredd niwrotig yn dawnsio rymba gwyllt y tu mewn iddi. Y peth olaf ar wyneb daear y dymunai ei glywed oedd cynnig diweddaraf ei mam: cewch glywed mwy am y cynnig maes o law, peidiwch â phoeni.

Roedd Melys bron o'i cho oherwydd argyfwng y deunydd sidan ar gyfer y wisg briodas. Roedd y fenyw yn yr Hendy oedd yn creu'r ffantasi-mewn-silc wedi rhedeg mas o ddefnydd jyst cyn cwpla, ac yn methu ffindo darn arall i fatsio. Yn ogystal â hynny, roedd darpar ŵr Melys, Jimbo – neu Jim Elias, Coldblow i'r rhai nad oedd yn ei adnabod yn dda – wedi profi, heb unrhyw amheuaeth, pam roedd cynifer o bobl yn credu ei fod yn wew. Yn wew hollol.

Daeth yr idiot, y wew druan, 'nôl o drip i Moss Bros gyda'i frawd i gael eu mesur ar gyfer eu siwtiau priodas gyda pharsel bach dan ei gesail. Am ryw reswm, dyma Melys yn credu bod presant iddi yn llechwra yno, ac yntau'n ceisio ei gadw rhagddi. Felly, yn naturiol ddigon, dyma hi'n gofyn beth oedd yn y parsel, a cheisio cael gafael ynddo, ac ar ôl dawnsio tango bach hurt o gwmpas ei gilydd dyma Jimbo'n cyffesu beth oedd yn y parsel:

'Socs… rhai coch. Ar gyfer y briodas. Wedest ti 'mod i'n rhy gonfensiynol felly dwi wedi prynu socs coch, rhai *distinctive* fel wedodd y boi yn y siop.'

25

'Ga i weld?'

A dyma Jimbo'n estyn y paced iddi a hithau'n gweld ei fod e wedi prynu socs yr un lliw â strip tîm pêl-droed. Na, yn waeth na hynny, roedd e wedi prynu socs yr un lliw â Man U, ac nid yn unig y lliw oedd yn datgan ei deyrngarwch – roedd y geiriau 'Manchester United: Best Feet Forward' wedi eu stitsio mewn llythrennau amlwg iawn ar dopiau'r sanau.

'Dwyt ti ddim yn gwisgo socs Man U i'n priodas ni, Jimbo, a hala cywilydd arna i! Beth yn y byd dda'th drostot ti?'

Yn ddiweddarach, meddai ei mam wrthi: 'Dwi wedi bod yn meddwl, Melissa, y byddai'n syniad da i ailffurfio'r grŵp, a chwarae yn y briodas.' (Dim ond ei mam a ddefnyddiai ei henw llawn, ac roedd hynny wastad yn ei hypsetio.) Nawr, petai ei mam, Godwina Davies, wedi bod yn aelod o Bananarama, neu'r Spice Girls, neu hyd yn oed y Sugababes, byddai'r cynnig wedi bod yn weddol dderbyniol, ond bu Mrs Davies yn canu gyda grŵp oedd yn dyddio o'r un cyfnod â'r Diliau a'r Meillion, er yn dipyn llai enwog na hyd yn oed y ddau grŵp hynny. Bu'n rhaid i Melys anadlu'n drwm, a defnyddio'r dechneg roedd hi wedi ei bod yn ei meistroli yn Pilates, i ddelio gyda'r ddilema ddiweddaraf.

Yn yr hen ddyddiau, hynny yw yn y cyfnod mae popolegwyr proffesiynol yn ei alw'n 'Oes Jwrasig Canu Poblogaidd yn y Gymraeg', bu Mrs Davies yn perfformio gyda'r Pennyfarthings – pedwarawd o fenywod ifainc o ardal Caerfyrddin. Heretics oedden nhw, nid yn unig am eu bod yn defnyddio offerynnau electronig – ac felly'n ddigon i roi harten i unrhyw ysgrifennydd neu ysgrifenyddes capel oedd wedi eu gwahodd i chwarae mewn cyngerdd – ond eu bod nhw hefyd yn canu yn Gymraeg ac yn Saesneg, neu'n 'bisexual' fel yr esboniodd un hen wreigan yn Swyddfa Bost Nantgaredig.

Nid oedd y foment pan esboniodd y fam wrth ei merch ei bod am ailffurfio'r Pennyfarthings yn debyg o gwbl i'r foment honno yn y ffilm *The Blues Brothers* pan mae John Belushi yn troi at Dan Aykroyd gan ynganu'r llinell anfarwol, 'We're putting the band back together.' O, na! Tra byddai'r Blues Brothers yn medru cynnal ocsiwn rhwng gwahanol gwmnïau am yr hawl i noddi cyngerdd – Budweiser, Coors neu Chevrolet – byddai'r Farthings (fel yr adwaenid nhw ar lawr gwlad) yn stryglo i gael hyd i unrhyw gwmni i'w noddi, hynny yw cwmni nad oedd yn gwerthu gwyliau Saga, sanau orthopedig, neu Sanatogen Tonic Wine. Lliw gwallt Grecian 2000 efallai. Sedd dartan ar gyfer y Stannah Stairlift. Yn y pen draw, llwyddon nhw i gael siop trin gwallt yn Alltyblaca, Gwallt gan Gwenda, i noddi clawr un o'u disgiau. O diar.

Ond prin fod unrhyw un yn adnabod un llinell nac un felodi o'u heiddo erbyn hyn. Angof hefyd oedd eu hit mwyaf, a gafodd ei chwarae bob bore am wythnos ar *Hob y Deri Dando* a *Disc a Dawn* a chyrraedd rhif naw yn siartiau'r *Cymro*, heb sôn am ysgogi erthygl hanner tudalen yn *Asbri* a mensh mewn pennawd ar dudalen flaen cylchgrawn Merched y Wawr (ie, ar y dudalen flaen, ond o dan rysáit gwneud jam eirin Mair) yn dilyn eu cyngerdd mwyaf erioed yn y Lyric, Caerfyrddin.

Yffach o gyngerdd, neu 'gìg' fel y byddai aelodau mwyaf hip y grŵp yn disgrifio'r digwyddiad, bron fel eu Woodstock eu hunain, ond heb y cyffuriau gwael, y glaw, a heb berfformans ysgytwol gan y gitarydd Carlos Santana nac ymddangosiad bythgofiadwy gan Janis Joplin druan. Ni allai Melys feddwl am y cyfnod yma ym mywyd cynnar ei mam heb gryn dipyn o embaras, oherwydd bod un o hits y Farthings yn gân am gneifio defaid lawr y rhyd, gyda chytgan syfrdanol o wael, â'r llinell, 'Dewch mla'n bois, mae'n hen bryd, i hwpo'r praidd i gyd i ganol y rhyd… i ganol y rhyd… i ganol y rhyd.'

Ond rhan arall o'r embaras oedd bod Melys yn hoffi miwsig oedd yn wrthun i'w mam, pethau fel Massive Attack a Portishead a stwff o'r cyfnod pan oedd hi'n fabi, pethau heriol fel Joy Division a New Order. Mewn gair, roedd Melys yn gweld ei hun fel rhywun cŵl, yn ddigon cŵl i fod yn retro o ran ei chwaeth mewn miwsig a dillad, ond yn lot rhy cŵl, a ddim yn ddigon retro, i lico caneuon y Penny-blydi-farthings.

Ond eto, doedd Melys ddim mor cŵl â hynny, gan ei bod hi'n priodi lembo a hanner fel Jimbo. Ond, iddi hi, roedd rhywbeth annwyl am Jimbo, ac roedd e'n ei charu hi gyda'r math o onestrwydd syml nad ydych chi'n ei weld yn aml yn yr oes eironig, gyfalafol sydd ohoni. Ac roedd hi'n caru ei lygaid gleision, a'i chwerthiniad hael, dwfn, gyda nodau'n chwarae yn y gwaelodion fel y rhai ar y bas ar y gân 'Love Will Tear Us Apart', oedd yn gân gyfan gwbl anaddas i ferch ar fin priodi.

Rhaid cyfaddef bod nifer o'i ffrindiau wedi dweud wrthi

y gallai wneud yn well na phriodi Jimbo, ac fe achosodd hynny sawl ffrwgwd a ffrae. Stopiodd siarad yn gyfan gwbl â Jini Penhewl a Martha Tyngroes, gan eu bod ill dwy wedi mynd yn rhy bell. Roedden nhw wedi rhestru holl ffaeleddau Jimbo iddi, gan gynnwys ambell fanylyn intimet oedd yn awgrymu bod un ohonynt wedi ei nabod yn aruthrol o dda ar un adeg, fel sut roedd ei ddannedd yn clicio wrth gusanu. Nid ei bod hi'n mynd i holi 'run o'r holops diwerth sut oedden nhw'n gwybod hynny. Gwisgodd y mwgwd oer, difater y byddai David Bowie yn arfer ei wisgo ar lwyfan i'w hanwybyddu, ddim yn becso iot am unrhyw dystiolaeth o'r dannedd yn clic-clacian.

'Grindwch, ferched. Dwi'n ei brodi fe achos 'mod i'n ei garu fe, ac mae e'n fy ngharu i, a dwi'n gobeithio y byddwch chi'n blasu'r un fath o gariad yn eich bywyd. Dwi'n cymryd eich gwahoddiadau'n ôl. Dwi ddim eisiau chi a'ch gwenwyn ar ddiwrnod fy mhriodas. Ydy hynny'n glir? Da iawn. Ewch i ledaenu'ch cach ar dir mwy ffrwythlon.'

Cwympodd gwep y ddwy oherwydd byddai pawb yn y briodas. Pawb ond y nhw, a byddai pawb yn gwybod pam hefyd, oedd yn gwneud pethau'n waeth.

Trodd yr wythnosau nesaf yn garnifal o drefniadau a mesuriadau a thrafodaethau ac roedd Melys a'i mam ar ben eu digon yn gwneud yn siŵr y byddai popeth yn berffaith ar gyfer y diwrnod mawr. Byddai rhai o'r pentrefwyr yn gwingo o weld y ffrog briodas borffor, i fatsio ffrogiau'r gosgordd o forwynion, oedd yn cynnwys ei ffrind bore oes. Ei mam oedd yn trefnu'r blodau ac roedd reiat o liwiau trofannol wedi eu harchebu, gyda fan yn cludo'r tegeirianau draw yn unswydd o'r tyfwyr yng Nghaint. Yr holl ffordd o Gaint! Sdim rhyfedd fod y briodas yn costio cymaint.

Yn ogystal â hynny, roedd y sgidiau a'r feil yn dod o Droopy & Browns, a'r dillad isaf yn dod o Rigby & Peller, sef y bobl sy'n cyflenwi nicers i'r Frenhines. Er bod Melys a'i mam yn casáu'r teulu brenhinol, roedd y 'beibl', sef y cylchgrawn priodas *Once Only*, yn awgrymu taw dyma oedd y dillad isaf gorau, ac na ddylid cyfaddawdu. Sut y byddai Jimbo'n ymateb petai'n gwybod ei bod hi'n gwisgo'r un fath o nics â'r Cwîn?

Prysur, prysur, prysur, rhwng trefnu cerddoriaeth gyda'r organyddes, gwneud yn siŵr bod y ceir yn mynd i'r lle iawn, enwau pawb wedi eu hysgrifennu ar gyfer byrddau'r brecwast priodas, ac ateb y ffôn bob whip-stitsh, chafodd Melys fawr o amser i bendroni ynghylch ymddangosiad y Pennyfarthings. Roedd ei mam wedi diflannu ddwywaith ar gyfer y rihyrsals, a chalon Melys yn troi'n gneuen Ffrengig o blwm o feddwl am y sŵn y byddai'r tair ohonynt yn ei wneud. Tair, nid pedair? Yn anffodus, roedd Beryl wedi cael stroc 'nôl ym mis Chwefror oedd wedi effeithio ar ochr chwith ei hwyneb, a doedd hi ddim yn medru canu nodyn. Pan ofynnodd Melys i'w mam beth oedd hi'n mynd i wneud am hynny, atebodd eu bod nhw'n recriwtio aelod newydd. Teimlodd Melys y darn bach trwm yn gwasgu oddi mewn iddi, megis ffocws i'w theimladau eraill o nerfusrwydd a hapusrwydd ac ofn, ie, ofn, ynglŷn â ffarwelio â'i hannibyniaeth a'i ffordd unigolyddol o wneud pethau.

Sut fyddai eu mis mêl? Yn siop deithio Trailfinders roedd

hi wedi disgwyl i Jimbo gynnig rhestr o'r math o lefydd egsotig roedd *Once Only* wastad yn eu disgrifio – ynysoedd trofannol lle gallech nofio rhwng y cwrel – oherwydd roedd Jimbo wedi honni iddo wneud ymchwil trwyadl. Ond pan ddywedodd ei darpar ŵr ei fod e wedi clywed bod tripiau i Antigua ym mis Awst yn eithaf tsiep oherwydd bod y tymor corwyntoedd wedi dechrau, bu bron iddi lefain. Ond chwerthin wnaeth hi, ac wedyn hawlio'r trefniadau a chael bargen go iawn ar wyliau *fly-drive* yng ngorllewin America, gyda noson yn y Chateau Marmont yn Los Angeles, lle roedd y sêr roc i gyd yn aros. Gallech dybio o ddarllen safle gwe'r gwesty fod Johnny Depp yn yfed wrth y bar bob nos, mor ddibynadwy ag Wncwl Stan wrth far y Pemberton yn yr Hendy bob nos – cyrraedd am saith ac arllwys ei hunan mas drwy'r drws ffrynt am un ar ddeg. Wncwl Stan! Sut stad fyddai arno fe yn y briodas ar ôl prynhawn ar y gwin am ddim?

Gwawriodd dydd y briodas. Dihunodd Melys am hanner awr wedi pedwar y bore, a'i stumog yn llawn llygod bach mecanyddol ar gefn moto-beics, a'i gwallt yn edrych fel petai wedi cysgu ym môn clawdd. Dwy awr a hanner i fynd cyn bod Terry di Caprio'n cyrraedd i drin gwallt (Terry Edwards fel yr adwaenid ef gynt, ond ei fod wedi newid ei enw'n gyfreithiol pan agorodd e'r salon newydd, De La Vega, ar Stryd y Bwtri).

Erbyn chwarter i bump roedd ei mam hefyd ar ddihun ac wedi dechrau ffysian a gwneud paneidiau di-ri o de iddi ei hunan, tra bod Melys yn yfed Purdey's cyn dechrau peintio bysedd ei thraed am y trydydd tro mewn pedair awr ar hugain gan wrando ar albwm newydd Radiohead a rhyfeddu ar lais y canwr, Thom Yorke.

Cafodd hi a'i mam bob o *croissant* am hanner awr wedi chwech cyn bod ei thad yn codi. Edrychodd hwnnw ar ei ferch gyda phob tynerwch posib, heb sôn am falchder a'r teimlad dwfn ac astrus hwnnw, y boddhad o wybod ei fod wedi cyflawni ei ddyletswyddau: bod ei ferch wedi cael addysg, a chariad, a bellach wedi canfod bod cariad llawn a chyfoethog yn bosib y tu allan i'r aelwyd. Cusanodd ei boch a phigo briwsionyn o *croissant* o'i gwallt. Gwenodd hi'n ôl, yn belydr o heulwen, yn ganolbwynt i'w fydysawd, yn unig ferch iddo.

Daeth y car am hanner awr wedi un ar ddeg – Mustang gwyn wedi ei logi gan gwmni arbenigol yn Birmingham. Ond roedd tad Melys wedi gorfod llogi ceir lleol hefyd, gan fod ei ffrind gorau, David Davies, yn berchen y cwmni a fyddai e byth yn clywed diwedd y peth petai ond yn rhoi'r gwaith i ryw fois o Loegr, a llogi car o America. Felly, roedd digon o le i ddeunaw aelod o'r teulu deithio yn y gosgordd o bum car, ac roedd hi'n sbectal a hanner, y car gwyn sgleiniog yn y ffrynt a'r ceir duon, syber, yn dilyn, fel petai Mussolini ar ei ffordd i gapel Gerazim.

Bu raid i Jimbo aros yn y capel am hydoedd, yn ddigon hir i glywed hanes teulu'r Lewisiaid o Ffostrasol oedd wedi cyrraedd mewn bws y Brodyr Richards o Aberteifi gyda'r geiriau '405 Poppit Rocket' ar y ffrynt, gan ddanlinellu gymaint o Gardis oedden nhw. Cardilicious, fel yr awgrymodd un o ffrindiau Jimbo, gan ddod â gwên i'w wefusau.

Pan welodd Jimbo Melys yn sefyll wrth ddrws y capel, ei

gwallt wedi ei amgylchynu gan fwa o oleuni llachar, credai ei bod hi'n edrych yn brydferthach na'r fenyw yn yr hysbyseb Timotei, yr un oedd yn golchi ei gwallt dan raeadr gwyllt. Yn brydferthach nag Angelina Jolie, a'r fenyw ifanc oedd yn darllen rhagolygon y tywydd ar S4C. Wrth ei hymyl edrychai ei thad fel dyn estron, fel ffarmwr wedi'i wisgo lan fel astronot. Oedd, roedd yn lletchwith yr olwg yn ei thri pîs siwt, yn wahanol i'r athrylith Albert Einstein oedd yn berchen ar saith siwt, fel nad oedd yn rhaid iddo wastraffu amser yn penderfynu beth i'w wisgo bob dydd, ond bod tad Melys yn berchen ar chwe set o oferols glas, un i bob dydd heblaw dydd Sul, pan fyddai'n gwisgo'r rhai brown, i barchu'r Saboth.

Yn ystod y seremoni roedd Jimbo a Melys yn cael y teimlad nad oedd unrhyw un arall yn y byd, eu bod nhw ar eu pennau eu hunain ar y blaned, ar wahân i'r gweinidog oedd yn siarad o rywle pell. Ond wedyn, wrth ateb y cwestiynau'n addo'r pethau mawr i gyd, yr ymrwymiadau byth-bythoedd, roedd hi fel petaen nhw wedi teithio 'nôl i'r foment dyngedfennol. A dyma hi'n addo, a fe'n addo, ac yna'n cusanu o flaen pawb ac o flaen Duw, gan beri i bawb glapo yn y capel, oedd ddim yn digwydd yn yr hen ddyddiau pan oedd y diaconiaid yn edrych fel actorion yn un o ddramâu llymaf Ibsen. Ie, clapio a gwenu, ac yna'r pâr priod yn gadael y capel i gyfeiliant fersiwn yr organyddes o 'I Say a Little Prayer' Aretha Franklin, hoff gân Melys, a phengliniau'r hen fenyw yn clic-clician wrth bwmpio'r pedalau, fel petai'n gweu wrth chwarae. Tu allan roedd hi'n bwrw conffeti, ac roedd Jimbo wedi gorfod ysgwyd llaw gyda chynifer o bobl nes ei fod yn teimlo fel Bill Clinton neu Dafydd Iwan.

Ar ôl y bwyd, a chyn torri'r gacen, clywyd storis am helyntion Jimbo gyda'r Ffermwyr Ifainc, fel y trip i Fynydd Paris ar Ynys Môn pan gollodd ei drowsus, a'r trip rygbi enwog i'r Eidal pan gafodd ei arestio am ddwyn fflôt laeth, heb sôn am golli ei basbort a'i gês a gorfod mynd i weld yr Honorary Consul yn gwisgo pâr o siorts rygbi a chrys T yn datgan ei fod wedi ei noddi gan Puffin Potatoes (The Spuds to Trust).

Ond clywodd Melys un stori oedd yn gyfan gwbl newydd am ei gŵr newydd, sef ei fod wedi darganfod colomen wen unwaith ar y ffordd i'r ysgol, a'i hachub, a'i bwydo. Am dair blynedd bu'n cario'r aderyn i bob man, yn ei sachell, ar dripiau rygbi ar ddydd Sadwrn ac i'r Royal Welsh bob Gorffennaf. Roedd y ddelwedd yma'n drawiadol iawn, ac er bod Jimbo'n gwrido wrth glywed yr hanes, teimlai Melys yn ffond iawn ohono – ie, dyna'r gair – yn ffond iawn ohono, rhyw gyffyrddiad bach tyner fel San Ffransis o Assisi tuag at anifeiliaid. Fe oedd ei phanda hi. Hi oedd ei fochdew ef. A'u plant maes o law? Rhyw fath o menajeri.

Ar ôl torri'r gacen, a phawb yn yfed coffi, diflannodd nifer i'w gwestai neu i'w cartrefi i gael hoe fach a newid dillad cyn y parti nos. Dyna pryd cofiodd Melys bod ei mam yn mynd i ganu, a gwyddai'n ddwfn tu fewn ei bod hi'n bosib difwyno perffeithrwydd, fod diwrnod anhygoel o hapus a phleserus, yn llawn pobl yn gwenu, yn medru diweddu'n wael. Ond allai hi ddim gadael i'r mymryn lleiaf o ofid ddangos, a'i mam mor hapus, wrth ei bodd yn siarad ag aelodau o'r teulu doedd hi ddim wedi eu gweld ers hydoedd, fel ei chefnder Robin oedd yn byw yn Croydon, ac wedi cymryd cynifer o luniau ar ei chamera bach fel nad oedd lle ar ôl ar gof y teclyn.

Diflannodd ei mam i gwrdd â'r *gals* er mwyn cael un rihyrsal olaf, gan adael Melys ar ei phen ei hun am rai munudau. Sut fyddai Jimbo'n ymateb i'r tatŵ o'i enw ar dop ei choes? Arwydd bach intimet, cyn sicred â thynnu llw o flaen Duw y byddent yn aros gyda'i gilydd, doed a ddelo, haul neu hindda.

Hi a Jimbo aeth i ddawnsio'n gyntaf, i Aretha wrth gwrs, a'r DJ, Gareth Potter, wedi dewis cymysgedd o hen, hen glasuron Cymraeg ac ambell beth o'i gasgliad preifat chwaethus, arbrofol ei hun. Ar ôl ambell gân oedd yn medru dod â hyd yn oed cleifion y parlys i'r llawr dawnsio roedd yn amser i'r DJ gyflwyno'r Farthings, a gwnaeth hyn gyda phob ansoddair yn ei feddiant, *build-up* os buodd un erioed, a dyma nhw'r *gals* yn cerdded ar y llwyfan. Ond arhoswch, roedd pedair yn y grŵp, a na, na, allai Melys ddim credu ei llygaid wrth graffu a rhyfeddu at y bedwaredd aelod. Allai e ddim bod! Beth Gibbons, prif leisydd Portishead, ar y llwyfan gyda'i mam? Cyn dechrau'r gân gyntaf, gyda sŵn rhywbeth tebyg i Tangerine Dream yn chwyrlïo'n dawel yn y cefndir a Mr Potter yn ychwanegu rhythmau tawel, cymhleth a fyddai'n gweddu i noson boeth yn São Paulo, dywedodd ei mam:

'… and a very special welcome to Beth Gibbons, formerly with the band Portishead, who is our extra-special guest this evening.'

Clapiodd pawb gyda brwdfrydedd mawr, er bod nifer yn y gynulleidfa erioed wedi clywed am Portishead. A dyma'r Farthings yn chwarae'n dynn ac yn freuddwydiol, a'i mam yn cyfeilio i Beth Gibbons – ie, Beth Gibbons! – ar fersiwn o glasur y Farthings ond yn toddi i ddilyniant o ganeuon Portishead ac wedyn rhai caneuon oddi ar albyms mwy diweddar Beth ei hunan. Ond roedd 'na fwy! Dyma Beth yn canu 'Y Dref Wen' yn Gymraeg, gyda drymiwr yn ymddangos i chwarae ar ochr y llwyfan, gan adeiladu'r gân yn anthem, yn ffynci ac yn ffyrnig, gan foddi'r hiraeth a thanlinellu styfnigrwydd a hir-barhad cartrefi pur ac aelwydydd clyd.

Wrth i'w mam gymryd at yr awenau a chanu eu cân olaf, edrychodd y ferch ar y fam fel petai'n arwres. Roedd Melys yn rhyfeddu at ei mam wrth i'r gân grynu tua'r terfyn, a'r pedair yn derbyn cymeradwyaeth fel tân gwyllt. Teimlai Melys fel merch fach am rai eiliadau disglair, wedi ei swyno gan lais si-lwlïaidd ei mam, ac yn edrych arni, yn ei hasesu fel y creadur mwya ffantastig ar wyneb y ddaear. Yna, trodd i edrych ar ei phartner mynwesol, yn barod am y ddawns olaf un, wrth i'r belen ddrych uwchben y llawr dawnsio ddangos beth oedd y byd mawr, sef cyfres o ddarnau bach, a phob un yn disgyn yn sicr i'w le i greu prydferthwch. Y belen ddisgo'n troi a throi, gan adlewyrchu'r byd yn troi ar ei echel, yn ei lawn ogoniant.

Y glustog

Yn ymateb i 'Gobennydd', Menna Angharad, 2008

ERBYN IDDI DYNNU tua hanner nos roedd Mr Horacio Quiroga, y bardd a'r nofelydd o Wrwgwái, wedi blino'n llwyr ar ôl dawnsio'n osgeiddig am oriau gyda'i wraig newydd. Wyth *gavotte* mewn un noson, ac ugain walts. Cysgai Ana Maria wrth ei ymyl, ei hwynepryd yn berffaith, a sglein y lleuad lawn drwy'r cyrtens yn gwneud iddi ddisgleirio, ei chroen fel alabastr. Teimlai ei gŵr na allai ei dihuno er mwyn rhannu eu cyrff, gan dybio y byddai'r wawr yn dod yn ddigon cyflym, er bod y chwant yn gwneud iddo chwysu fel y lleithder trofannol yn yr ystafell westy.

Ond pan ddihunodd roedd Ana Maria yn syber o wan, ei chroen yn welwach nag yng ngolau'r lloer a'i chorff yn llipa a di-egni. Cerddai fel hen wreigan, ar goesau sigledig, arthritig ac roedd yr ymdrech o fynd mor bell â'r ystafell ymolchi yn drech na hi. Gofynnodd i'w gŵr a fyddai'n iawn iddi aros yn y gwely, a gofynnodd yntau a oedd hi eisiau unrhyw beth. Byddai mymryn o ddŵr yn dda, meddai, a dyma Mr Quiroga'n llenwi gwydr â dŵr ac yn ei godi i'w cheg. Roedd ceirios llawn ei gwefusau wedi troi'n stribedi o bapur sych, a'i bochau'n wyngalch. Awgrymodd y dylai ffonio doctor a gydag ochenaid o ryw bydew dwfn oddi fewn iddi, dyma hi'n cytuno, cyn i'w llygaid gau oherwydd blinder absoliwt.

Cyrhaeddodd y doctor dri chwarter awr yn ddiweddarach ond erbyn hynny roedd hi wedi llithro dros erchwyn y bedd. Edrychai'r ddau ddyn yn syn ar ei hwyneb prydferth, oer. Wrth archwilio'r corff dyma'r doctor yn nodi dau farc gwaed ar ochr ei gwddf ac edrychodd y ddau ar ei gilydd mewn braw wrth ddod i'r un casgliad. Fampir? Ym Montefideo?

Ond na. Mae 'na greadur sy'n byw mewn clustogau plu, a'i hoff fwyd yw gwaed cynnes, ffres. Ar hwnnw, sy'n tewhau fel triog, y mae'n mwynhau swpera.

Gwlad y mwnci

UN DIWRNOD ROEDD gibon wedi dianc o labordy arbrofol ar gyrion Llansamlet, ardal lle mae digonedd o goed bedw yn tyfu'n rhesi arian uwchben Cors Crymlyn a champws newydd Prifysgol Abertawe. Ond dyw presenoldeb coed o'r fath ddim yn sicrwydd fod bwyd ar gael yno i famal sydd wedi gwledda dan haul trofannol cyn cael ci ddal mewn rhwyd a'i garto bant mewn cargo cyfrin ac anghyfreithlon i un o ymchwildai cwmni ffarmacolegol rhyngwladol a phwerus sy'n astudio ecsema ac asthma ac yn gwneud pethau ofnadwy i giboniaid, tsimps ac i un orangwtang druan sydd wedi bod yn smocio Rothmans am ddwy flynedd ac sy'n peswch fel hwrdd.

Mae'r gibon yn mwynhau ei ryddid ac yn acrobata'n ddiog, yn swingo drwy'r dail yn osgeiddig a di-hid, ei freichiau hirion yn ddarnau elastig, yn hongian wyneb i waered gan ddynwared sloth dioglyd. Ond mae sloth yn araf iawn a gibon, wel, yn chwythu drwy'r dail. Fel cysgod.

Dyw Ffagots a Steve ddim i fod yn y goedwig. Mae'r ddau'n mitsio ysgol ac wedi cerdded lan y tyle serth yn yr hwyliau rhyfeddaf. Mae'r haul yn tywynnu. Maen nhw'n methu gwers fathemateg Mr Leigh ac mae ganddyn nhw botel o gwrw cartref tad Ffagots – stwff da, sydd yn gryf a blasus ac yn gallu hala dau grwtyn i gysgu o fewn hanner awr. Sy'n well na dybl maths unrhyw bryd.

Mae brigau bach yn crician ac yn ffrwydro dan draed wrth iddynt ddringo dros y ffens, a heb i'r naill na'r llall wybod dim am y presenoldeb egsotig, mae'r gibon yn eu llygadu o ben criafolen ifanc. Yn enwedig y fanana mae Steve yn ei philio. Mae'r gibon yn llygadu honno, o ydy! Gallech dyngu bod y creadur yn cyfri o un i ddeg cyn symud, wedyn yn disgyn fel pry cop a chipio'r ffrwyth yn ddisymwth.

'Blydi hel, Steve, beth oedd hwnna?'

'Mwnci. Rhyw fath o ffycin mwnci... wedi mynd â'n fanana i.'

'Mwnci? Nid wiwer?'

'Mwnci oedd e. Fel y rhai yn Bristol Zoo. Gibon efallai. Gwyneb gwyn, a breichiau hir, hir. Gibon, Ffagots. Wedi dwyn y banana mas o'n dd'ylo.'

'Bownd o fod yn starfo i gymryd siawns fel 'na. Dwi'n mynd i adael afal iddo fe fan hyn. Dere. Ddown ni 'nôl fory â llwyth o ffrwythau.'

'Wyt ti off dy ben? Maen nhw'n anifeiliaid dansierus. Pethe gwyllt.'

'Dwi'n dod 'nôl fory â mwy o fwyd i'r pwr dab. Dere di hefyd os ti moyn, neu elli di aros adre i whare'r Xbox.'

Drannoeth, dychwelodd y ddau gyda llond sach o ddanteithion o siop Fresh and Fruity, gan gynnwys grawnwin a chiwis a dwsin o fananas. Doedd dim angen aros yn hir cyn bod y gibon yn ymddangos drachefn ac roedd e fel petai'n deall ei fod yn ddiogel ym mhresenoldeb y ddau fachgen ysgol. O fewn hanner awr roedd yn eistedd ar y llawr wrth eu hymyl, yn bwyta'n ddiwyd, wrth ei fodd â'r ciwis yn arbennig, y sudd yn tasgu o'i ddannedd siarp.

Daeth eu ffrind, Hopcyn, gyda nhw'r diwrnod canlynol, ond doedd e ddim yn gallu cadw cyfrinach. Felly, erbyn y penwythnos, roedd 'na drigain o bobl yn y coed, ond doedd y gibon ddim yn swil. Roedd yn hapus ddigon i swingo a pherfformio a sgyrnygu dannedd ar unrhyw un oedd heb ddod â ffrwyth iddo.

Buan y sylweddolodd pobl fod y gibon wedi dod o'r labordy – am ei fod wedi arfer â chwmni pobl, ac oherwydd bod rhywun oedd yn arfer gweithio yn Pharmascope Limited wedi cadarnhau bod un anifail wedi ei heglu hi, er nad oedd yn siŵr pa rywogaeth. Esboniodd beth oedd yn digwydd i anifeiliaid yno – yr arbrofi a'r poenydio, y dioddefaint a'r caethiwo.

Cynhaliwyd cyfarfod anffurfiol mewn llecyn gwyrdd yng nghrombil y goedwig, gyda thri chant neu fwy wedi dod ynghyd, i drafod y mater a phenderfynwyd martsio i'r labordy'n syth i fynnu bod yr holl anifeiliaid yn cael eu rhyddhau.

Doedd y dyn diogelwch ddim yn fodlon symud o'i focs, ac yn sicr nid oedd yn fodlon agor y gatiau, ond trodd anniddigrwydd y dorf yn wylltineb, ac fel un dyma nhw'n symud at y giât a'i thynnu'n rhydd. I mewn â nhw i'r iard, ac yn syth i Floc B, draw ar y chwith, gan obeithio bod y cod oedd ganddyn nhw i agor y drysau mewnol yn dal yn weithredol. Am dwpdra! Doedd neb wedi meddwl newid y cod, felly roedden nhw i fewn mewn chwinciad, yn agor y cewyll, yn cadw mas o ffordd yr anifeiliaid gwyllt wrth iddynt ffoi i gyfeiriad y goedwig. Yn eu plith roedd gibon arall, un benyw, ac roedd hynny'n newyddion bendigedig i'r gibon gwreiddiol, fel y gallwch ddychmygu.

Bellach mae 'na goloni o fwncïod yn ardal Llansamlet a hefyd ymhellach draw i'r gorllewin, y gogledd a'r dwyrain, yn bridio'n llwyddiannus hyd at ochrau Pen-y-bont, ac ar erchwyn Bannau Brycheiniog lle mae'r coed yn teneuo, ac yng nghoedwigoedd deri Sir Benfro. Gallwch eu gweld nhw'n hawdd. Ewch i'r goedwig i'w gweld. Mae 'na le da uwchben Llansawel, lle sydd bron fel arsyllfa fwncwn, gan mor niferus ydynt. Gibonopolis go iawn. Edrychwch lan drwy eich binociwlars, a gweld y masg bach gwyn a'r llygaid cwrens duon direidus. Neu orangwtang efallai. Mae'r rheini wedi cydio hefyd a neb yn gwybod sut, gan taw dim ond un orangwtang oedd yn y labordy.

Ewch â'u hoff fwyd, er mwyn dangos eich hapusrwydd o'u gweld, yn ddathliad cymhleth o sut mae hinsawdd y byd wedi newid y goedwig Gymreig yn jyngl drofannol. Persimmon yw'r ffefryn. Deuant i lawr o'r canghennau i loddesta ar y rheini, o gwnân.

Sioe flodau

NID DYMA SUT roedd dynion oedd yn fodlon colli
gwaed dros eu gwlad i fod i edrych…

Oherwydd ei fod wedi anghofio curo'r drws, cerddodd
Caradog 1 yn syth i fewn i'r ystafell a gweld y Capten yn
peintio bysedd ei draed yn goch. Dyn canol oed, mewn lifrai
milwrol, a bola cwrw fel yr *Hindenburg* yn balwnio dros ei
bengliniau wrth iddo blygu, yn peintio ewinedd ei draed.
Yn goch. Neu, i fod yn fanwl gywir, Coral Explosion. O
Boots the Chemist.

Roedd Caradog 1 yn gwybod fod 'na bethau, wel, od a
chydig bach yn cinci yn perthyn i'r Capten. Dyma'r Capten
a arweiniai'r unig fudiad eithafol oedd ar ôl yng Nghymru –
ar ôl chwalu'r FWA, Adfer, Meibion Glyndŵr a MAC – sef
y BHI, Byddin Heb Iachawdwriaeth, a doedd y ffaith fod
y Capten yn hoffi gwisgo dillad merched ddim yn helpu'r
achos. Ond roedd e'n dactegydd da, ac yn arweinydd
naturiol, er braidd yn llym. Unwaith, roedd e wedi bygwth
boddi ci un o'r dynion oherwydd ei fod e'n hwyr ar gyfer
ymarfer corff. Boddi ci! Blydi hel, Capten.

'Paid â syllu fel babŵn, ddyn, a chofia guro'r drws y tro
nesa. Nawr 'te, be ti moyn?'

'Ma *comms* wedi pigo neges lan…'

'Wrth bwy?'

'Dyw e ddim yn gwbod, ond mae e'n gwbod ein cod
ni.'

'Ond dim ond ni sy'n gwbod ein cod ni...'

'Wel, dyna beth sy'n rhyfedd. Dyna pam mae Caradog 2 yn meddwl ei fod e'n bwysig. Hynny, a'r ffaith bod *co-ordinates* manwl.'

'Yn dangos beth?'

'Wel, mae'n awgrymu tŷ ar stad o dai y tu allan i Gasnewydd, yn ôl Caradog 3, sydd wedi bod yn Google Mapio.'

'Ma hyn yn ddifrifol. Dere â phawb at ei gilydd. Heno. Cwrddfan B. Pawb i ddod yn barod i deithio. Pac llawn. Dŵr. Wyth o'r gloch. Pawb. Dim esgusodion.'

Gosododd y Capten y pot paent ewinedd yn ôl yn ei fag glas a phinc. Edrychodd ar y papur oddi wrth Caradog 3. Teimlai ym mêr ei esgyrn, ac yn ei geilliau, fod rhywbeth mawr ar fin digwydd. Ni allai esbonio'r teimlad, ond roedd ei geilliau ar dân. Arwydd pendant.

Cwrddfan B. Wyth o'r gloch, a phawb yn gwisgo'u balaclafas gorau. Naw dyn, wedi tyngu llw y byddent yn marw dros yr iaith Gymraeg, wedi cadw at ffyrdd di-drais o weithredu, hyd yn oed pan wnaethon nhw herwgipio'r Ysgrifennydd Gwladol, oedd yn dipyn o *coup*. Ond doedd neb wedi meddwl beth i'w wneud â'r dyn unwaith roedd e yn eu magl, a hwythau wedi ei ddal ar y ffordd i un o'i syrjeris wythnosol fel Aelod Seneddol. Yn y pen draw bu'n rhaid iddynt setlo am addewid bod sefyllfa'r iaith yn cael blaenoriaeth ymhob cais cynllunio. Addewid gan ddyn oedd â'i lygaid bron byrstio allan o'i benglog gan ofn. Roedd wedi cael ei herwgipio unwaith o'r blaen, gan y Provos yn Iwerddon – seicopathiaid oedd yn snortio wisgi oddi ar lwyau. Er mwyn dianc bu'n rhaid iddo ddisgyn i lawr carthbwll, ac, yn waeth na hynny, nofio drwy'r sustem garthffosiaeth. Am chwarter milltir. Ond roedd hynny'n well na wynebu ynfytrwydd yr IRA, gyda'u pleiars, a'u diffyg tosturi, a'u llygaid oer fel gwydr.

Ond bu'n rhaid i'r BHI fod yn ddyfeisgar. Syniad Caradog 5 oedd gofyn am filiwn o bunnoedd, a'u gadael mewn cês du wrth ymyl pont yng Nghaerdydd, ond teimlai'r lleill y byddent yn cael eu dal cyn dod yn agos at yr arian.

Roedd y BHI yn cydnabod eu gwendidau ac yn gwybod eu cryfderau, a'r pwysicaf ymhlith y rhain oedd bod ganddyn nhw Caradog 7 – cyn-filwr oedd wedi addysgu ei hunan am feddalwedd a hacio cyfrifiaduron, ac yn medru mynd yn weddol ddidrafferth i berfeddion gwybodaeth MI5, y CIA, Mossad... O, roedd Caradog 7 yn giamstar ar seibar-whilmentan! Gêm oedd hi, gêm rhyngddo fe a rhyw fois bach clyfar wedi eu haddysgu yn MIT neu Hebrew University, ond nid oedd ganddynt y reddf arbennig, y ffordd ddieflig o feddwl oedd ei hangen i fod yn haciwr heb ei ail.

Cyrhaeddon nhw 43, Orchid Close, Garden Suburbs, ar gyrion Casnewydd, er nad oedd yr un ohonynt yn gwybod beth fyddai'n eu disgwyl yno. Trap efallai? Diwedd ar y fyddin? Ond nid oedd y Capten yn credu hynny. Ni fyddai wedi gofyn i'r dynion fynd OF (O'r Fro) petai'n credu am eiliad eu bod mewn perygl.

Cyrhaeddodd y fan Orchid Close am ddeng munud i bump a gallai weld y lleill yn cyrraedd o wahanol gyfeiriadau. O diar! Roedd naw dyn yn cyrraedd yr un tŷ ar yr un pryd yn ymddangos yn ddrwgdybus iawn. Ac roedd y ffaith fod y fenyw atebodd y drws yn ddall yn gwneud i bethau deimlo hyd yn oed yn fwy swreal. Roedd ganddi ddau flob o jeli tryloyw yn lle llygaid, fel sglefrod môr bychain, yn nofio'n ddiymadferth.

'Come in, come in. I've been expecting you. How many of you are there, let's see, nine, is it?'

'How do you…?'

'I'm a medium. My son also knows a lot about you. He's been encountering your handiwork when he goes a-hacking.'

'Why are we here?' gofynnodd y Capten iddi, yn blwmp ac yn blaen.

'Someone wants to speak to you.'

'Who?'

'Come, come. You'll see.'

Ac arweiniodd hi'r dynion i'r ystafell ffrynt, oedd yn llawn perarogleuon, a lampau *brass* o'r Dwyrain Canol. Aeth y fenyw yn hyderus ddigon i eistedd yn ei chadair, gan styrbio cath flewog enfawr, a pheri i'r parot yn y caets y tu ôl i'r lamp fwyaf ddechrau cwyno, cyn setlo lawr i dorri hadau grawn gyda'i big pwerus. Taenodd y fenyw ddarn mawr o felfed dros y caets er mwyn cadw'r aderyn yn dawel tra bod y dynion nerfus yn gwneud eu gorau glas i osgoi edrych ar ei gilydd. Ond roedd osgoi llygaid y fenyw, neu ddiffyg llygaid y fenyw, yn anodd, yn enwedig pan fyddai'n edrych yn syth atynt. Neu drwyddynt.

Heb ffws na ffwdan dyma'r fenyw'n dechrau mwmian rhyw synau digon soniarus a thawel, a'r nodau'n codi'n sicr o'r tu fewn iddi. Yna, heb rybudd, dyma wyneb dyn adnabyddus yn ymddangos, a chanddo farf a *beret*.

'Che!' gwaeddodd Caradog 3.

Ac yn wir, dyna pwy oedd yn hofran o'u blaenau – Che Guevara, y gwrthryfelwr Marcsaidd, y doctor, yr awdur a'r diplomydd, gyda'i farf eiconig, a'i lygaid miniog, deallus, yn clirio'i lwnc fel petai ar fin dweud rhywbeth mawr. A dyma fe'n dechrau siarad, yn Sbaeneg, a phawb yn troi'n syth at Caradog 5, oedd wedi byw yn Salamanca am ddeng mlynedd yn y saithdegau, er mwyn iddo gyfieithu geiriau Che.

'Ddynion, mae'ch awr wedi cyrraedd. Awr eich tynged. Yn yr un ffordd ag yr oedd yn rhaid i ni ymladd ac aberthu er mwyn creu'r Ciwba newydd, bydd yn rhaid i chi ymladd ac aberthu dros eich gwlad. A does dim dwywaith na fydd pob un ohonoch yn dal yn fyw erbyn y diwedd. Ond tynged yw tynged, ac aberth yw aberth. Mae angen datod y cadwyni ar eich pobl, a chaniatáu iddyn nhw siarad eich iaith yn rhydd, gan fynegi balchder, a pherchnogaeth ar y cilcyn hwn o ddaear.'

Roedd y dynion yn hollol gegrwth, mewn ystafell ffrynt gyda menyw ddall, heb anghofio Che. Che Guevara. Yng Nghasnewydd.

'Ac fe ddweda i wrthoch chi sut i ennill y gad, sut i guro'r gelyn, y wladwriaeth ormesol sydd wedi bod yn eich ffrwyno a'ch tagu dan sawdl drom. Gadewch i mi esbonio'r ffordd ymlaen, y ffordd sy'n sgleinio fel arian byw dan law ysgafn gwawr diwrnod newydd a phennod newydd yn eich hanes.'

A dyma Che'n disgrifio'r tactegau, a'r lleoliadau, a phwy yn union oedd i fod i wneud hyn a'r llall, gan gyfeirio'n aml at ei fuddugoliaethau ef ei hun, oedd yn rhoi awdurdod syfrdanol i'r hyn a amlinellai.

'Ewch i'r mynyddoedd. Yno mae asgwrn cefn eich gwlad wedi ei ridyllu â mannau da i chi eu hamddiffyn. Mewn ogofâu sefydlwch ffatrïoedd i wneud grenêds, a rhowch nhw i hen fenywod i'w taflu. Dysgwch sut i wneud bara. Mae'n sgìl y gallwch ei defnyddio ar ôl y rhyfel. Gwnewch yn siŵr bod pawb yn cael addysg, creu'r syniad fod pob person yn athro, a bod anllythrennedd yn elyn mor filain a pheryglus ag unrhyw ddyn arfog. Bydd creu papur newydd ar-lein, gyda newyddion a chartŵns – mae pawb angen chwerthin ambell waith – yn help hefyd, ar ôl y rhyfel, oherwydd bydd y rhyfel drosodd un diwrnod, o bydd. Rhaid i chi gredu hynny. Bydd sefydlu clinigau iechyd yn eich gwneud chi'n llai dibynnol ar bobl eraill, a bydd rhaid sicrhau bod pawb, o'r hen i'r ifanc, yn mynychu gweithdai tactegau gwrthryfela.

'Bydd pawb yn ufudd, yn ateb pob galw, yn ymateb i bob gorchymyn, ac os oes rhaid, bydd angen disgyblu'r rhai sy'n gwrthod yn llym iawn. Saethwch nhw os oes rhaid. Rhaid gwneud yn siŵr na fydd unrhyw un yn meddwl am fod yn sbïwr, oherwydd pŵer yw gwybodaeth.

'Dyna beth wnes i gyda Guerra… Eutímio Guerra… y cachwr, un o'r *paisanos* oedd yn fodlon derbyn deg mil peso am ein bradychu ni, dweud yn union ble roeddem yn cuddio fel y gallai awyrlu Ciwba arllwys bomiau fel glaw. Fe oedd yn gyfrifol am ymgyrch Fulgencio Batista i losgi tai unrhyw un oedd yn ein cefnogi ni'r rebels. Pan ddalon ni fe, roedd e am i ni ei ladd yn gyflym, a dyna wnes i'n union, ar amrant, heb oedi dim. Dyna'r unig ffordd, bod yn llym ac yn gryf ac yn bendant. Ond… fe wnaethom ofalu am ei blant a'i deulu a dyna oedd yn cadw'r bobl ar ein hochor ni. Felly, byddwch ddewr a pheidiwch troi'n ôl.'

'Ond sut gallwn ni neud hyn?' gofynnodd Caradog 3 yn blwmp ac yn blaen. 'Dim ond naw ohonon ni sydd yna.'

Atebodd Che mewn llais egwan, a'i lun, ei ddelwedd, a'i ysbryd yn dechrau pylu:

'Dim ond wyth dyn oedd gen i pan ddechreuais i. Naw ohonom yn erbyn byddin Batista ac roedd hynny'n ddigon.'

Ac yna roedd Che wedi mynd, a'r naw dyn yn edrych ar gaets parot a menyw ganol oed mewn ffedog Madonna a sliperi cyfforddus, yn syllu'n farwaidd o'i soffa.

Ar y ffordd 'nôl ar y draffordd bu distawrwydd mawr. Aeth sawl car heibio, a'u cyrn yn twtio, am eu bod mor araf, a'r gyrrwr ar goll yn ei feddyliau.

'O'dd e'n whare rygbi, chi'n gwbod.'

'Pwy nawr?'

'Che.'

'Ti'n gweud bod Che Guevara'n whare rygbi! I bwy, Nantyffyllon? Builth Wells RFC? Paid â siarad rwtsh.'

'Na, na, o'dd e'n whare rygbi mas yn Argentina, ar yr asgell. Wnaeth e hyd yn oed sefydlu cylchgrawn obeutu rygbi. *Tackle*, 'na beth oedd enw fe, ac fe gafodd Che ei arestio a'i gyhuddo o ddefnyddio'r cylchgrawn i ledaenu propaganda Comiwnistaidd.'

'Blydi hel! Shwd ti'n gwbod cymaint am Che blydi Guevara? Dylet ti fod ar *Mastermind* 'chan. "And your chosen subject is the life and times of Che Guevara."'

'Bydde'n well gen i hanes rygbi na Che Guevara, i weud y gwir. Bydde fe, Che, yn defnyddio tactegau rygbi ymhob agwedd o'i fywyd, chi'n gwbod.'

'Na, wrth gwrs do'n i ddim yn gwbod hynny, y wew! Ond dyw hanes rygbi ddim hanner mor ddiddorol â hanes Che Guevara.'

'Ti'n credu 'ny, gwboi? Beth am Mussolini?'

'Beth am Mussolini?'

'O'dd e'n ffan mawr o rygbi. Mussolini wnaeth gyflwyno rygbi i'r Eidal, ar ôl iddo weld gêm yn Ffrainc yn y 1920au. O'dd e'n meddwl ei fod yn ffordd syml, rhad ac effeithiol o greu Ffasgwyr mawr, corfforol, cyhyrog. Ac o'dd George W. Bush wedi whare rygbi i Brifysgol Yale...'

'Iesu, paid gweud mwy 'tho fi, stopa'r ddarlith reit nawr. Mae beth ti'n weud yn ddiddorol iawn ond oes 'da ti unrhyw beth i godi 'nghalon i? Dim mwy o gysylltu'r gêm gyda hen fastads erill, plis. Mussolini a Bush... pwy fydde'n credu?'

Nid pawb sy'n cael cyfle i ddysgu technegau rhyfel gan yr arch-dactegydd, Che Guevara. Nac yn gwybod am ei athrylith ym myd rygbi, chwaith, ac angen dybryd y ddau ar y genedl fach, sathredig. Ond mae ein harwyr ni'n cael eu bendithio gan y fath wybodaeth, ac yn gyrru ymlaen, at y wawr newydd, sy'n gwaedu golau ymhlith y cymylau llwyd.

Daeth neges arall y noson ganlynol.

Estynnodd Caradog 5 ddarn o bapur i'r Capten ac arno gyfres o rifau. Edrychodd ar y gyfres am eiliad neu ddwy cyn dweud bod y lle rywle ar arfordir Sir Aberteifi. Nododd fod cyfres arall o rifau yn awgrymu canol nos drennydd.

Cilfach o harbwr oedd y lle, y math o le y byddai smyglwyr yn ei ddefnyddio yn yr hen ddyddiau. Cyffesai'r Capten wrtho'i hunan fod yr olygfa yn debyg i un mewn llyfrau Enid Blyton yr arferai eu darllen pan oedd yn grwtyn, megis *The Island of Adventure*, a bod y weledigaeth yma wedi newid cywair a phwrpas eu hymgyrch. Cofiai sgwrs cyn iddynt wahanu yng Nghasnewydd, pan ofynnodd Caradog 6 iddo pam taw Che oedd wedi ymddangos ac nid Owain Glyndŵr, a chael ateb reit swta bod Owain wedi colli a bod Che wedi bod yn fuddugoliaethus.

Roedd hi'n noson leuad lawn, a sglein arian ar wynebau'r dynion wrth dorri drwy'r eithin i lawr y bryn, cyn disgyn fel rhywrai'n cario wyau yn eu dwylo dros y creigiau sych, cyn cyrraedd creigiau peryglus o lithrig gan wymon. Yna, aros am awr, nes gweld siâp llong yn drifftio i fewn i'r harbwr, rhwng y creigiau. Doedd y cwch pysgota ugain troedfedd o hyd ddim yn defnyddio radar, dim ond llygaid craff, a dealltwriaeth o siâp y môr yn y siartiau mordwyaeth. Dyma raff yn cael ei thaflu dros yr ochr a'r cwch yn cael ei dynnu i'r lan, wrth ochr silff yn y clogwyni. Heb air, dyma ddau ddyn yn dechrau codi bocsys yn ddisymwth o ddec y cwch a'u gosod ar y silff o garreg. Ar ôl tynnu rhyw ddeg bocs, dyma nhw'n tynnu'r rhaff a diflannu, gan adael sglein megis malwen ar eu hôl, gan dorri fel cyllell drwy'r dŵr llonydd.

Aethant o gwmpas penrhyn bychan ac allan o'r golwg, gan adael Caradog 3 i feddwl sut roedden nhw'n mynd i gario'r bocsys ar draws y creigiau gwymonog.

Cymerodd funud neu ddwy i gael ei feddwl yn glir ac yna clymodd ddarn o raff i garreg dan ei droed, dringo nes cyrraedd y llwybr rhwng yr eithin a thynnu'r lŵp o raff yn dynn. Yna aeth yn ôl i helpu ei gyfeillion i glymu un bocs ar ôl y llall i'r rhaff, a'i dynnu i fyny, ei gyhyrau'n gwichian dan y straen.

Aeth teirawr dda o ymdrech corfforol gan bob un o'r cwmni cyn bod y bocsys i gyd yn bentwr solet ar y glaswellt byr yn agos at y maes parcio. Dyma'r Capten yn gofyn am forthwyl i dorri'r clo ysgafn ar y bocs ar ben y pentwr, ac edrychodd i fewn.

'Bomiau piben, yn llawn dop o ffrwydron fwy na thebyg. Mae'r dechnoleg syml yma wedi cael ei pherffeithio yn y Dwyrain Canol. Digon i ladd mil a mwy, a rhoi llond bola o ofn i'r sefydliad. Mae pethau wedi newid. Nawr ry'n ni'n arfog, ond dwi'n amau nad oes dryll yn yr un o'r bocsys 'ma. Mae Che'n edrych ar ein holau'n well nag unrhyw dduw capel. Ie, fel wedes i, mae pethau wedi newid yn sylweddol.'

Aeth y Capten i symud y fan yn agosach at y bocsys a chafodd y lleill amser i drafod eu dilema, mewn sgyrsiau sibrwd sydyn. Roedd pob un wedi datgan yn gwbl bendant a diffuant ei fod yn fodlon aberthu ei hun dros yr iaith ond doedd yr un ohonynt yn fodlon lladd. Nid dyna'r ffordd. Byddai bomio argae, neu losgi tŷ haf, neu ddifrodi eiddo yn dderbyniol, ond nid oedd neb i golli ei fywyd. Nid 'terfysgwyr' oedden nhw ond 'eithafwyr', fel y ceisiodd Caradog 8 esbonio.

Ond roedd rhaid rhoi stop ar eu siarad ac ar eu hamheuon, oherwydd sgrialodd y fan ar draws y graean mân ar wyneb y maes parcio, a dod i stop wrth ymyl y ffens. Neidiodd y Capten mas, a gofyn iddynt osod y bocsys yn ddiffwdan yn y cefn.

Ddeuddydd yn ddiweddarach, a'r dynion wedi cyfarfod mewn tafarn, dyma'r Capten yn derbyn neges i ddweud bod popeth yn barod, ac y byddai wyth deg tri dyfais mewn gwahanol leoliadau yng nghefn gwlad, gan ddilyn cyfarwyddiadau Che – plannu yin môn clawdd, neu wrth waelod boncyff coeden. Sut yn y byd y byddai gosod ffrwydriadau mewn llefydd fel hyn yn helpu'r achos? Ond roedd y Capten yn deall. Roedd profi bod ganddynt y gallu i achosi ffrwydriadau dros ardal mor sylweddol yn dangos eu bod wedi tyfu mewn grym. Roedd y dechnoleg yn soffistigedig, y math o stwff roedd Rwsia wedi bod yn ei werthu i Syria, ac Iran yn ei ddanfon i Hezbollah.

'Beth am y defaid?' gofynnodd Caradog 3, cyn llyfu mwstás o chwerw Felinfoel oddi ar ei geg.

'Ma digonedd o'r rheini ar hyd y lle. Un ar ddeg miliwn ohonyn nhw – dros dri anifail i bob person yng Nghymru. Os y'n ni'n digwydd whythu un o'r rheini lan, wel ma digon ar ôl. Ti'n ffansïo rownd o ddarts?'

Ond roedd dwylo Caradog 1 yn crynu gormod i chwarae dartiau. Roedden nhw bron yn crynu gormod i ddal y pot peint yn ei law. Fory oedd y dydd, y diwrnod tyngedfennol. Pob un yn gweithio ar ei liwt ei hun, yn symud drwy gefn gwlad yn claddu ac yn cuddio bomiau, a phob un wedi ei gysylltu drwy sustem GPS a meicrothechnoleg ag un botwm coch yn llaw y Capten, ac yntau'n disgwyl am ordors gan Che, neu ta pwy oedd yn trosglwyddo dymuniadau'r dyn marw i'r criw yma o ddynion dewr. Edrychodd y ddau ar ei gilydd wrth iddynt orffen eu peintiau. Gwell peidio cael un arall, nawr bod y gair 'tyngedfennol' ar y gwynt.

Cerddasant allan i'r nos, a phryder ymhob cyhyr, ac ofn yn rhuthro drwy eu gwythiennau cyn sicred â haemoglobin. Gallai un o'r bomiau bach eistedd yn gyfforddus ar gledr eich llaw, siâp silindr wedi ei wneud o fetel ysgafn tebyg i gopr. Ar un pen roedd esgyll bach, y math sydd ar gynffon roced ond bod y rhain yn sticio mas chydig yn ormod i fod o help i'r peth hedfan. Byddai pob dyfais yn cael ei chladdu neu ei chlymu i rywbeth, felly roedd gan yr esgyll ryw bwrpas, mae'n rhaid.

Wrth yrru ar hyd lonydd cefn gwlad, croesi'r corsydd a throelli'n slalom araf drwy blanhigfeydd dienaid o goed Sitka, neu godi ar fryncyn o dir uwchben llyn oedd yn sgleinio'n berl dan fflach o heulwen, neu basio drwy bentref Myddfai neu Landdeusant neu Lwynwhilwg, neu ddringo hewlydd serth uwchben y llinell goed, gan edrych i lawr ar ffroth o ddail derw, ac yna fryniau'r ffridd, gydag ambell gerddinen yn oren o aeron, teimlai bob gyrrwr gymysgedd o gariad at fro a gwlad a sioc o nentig oer yn rhedeg fel ofn drwy ei ymysgaroedd. Ymgyrch fomio? Heddiw?

60 eiliad. 59… 58…

Ar gyfer yr achlysur arbennig hwn roedd y Capten yn

gwisgo *lip-gloss* newydd, ac wedi torri ei wallt y diwrnod cynt. Byddai'r holl fomiau yma'n difrodi tawelwch y caeau, yn rhoi braw i'r brain ar hyd a lled Cymru ac yn anfon neges fyddai'n cael ei throsglwyddo yr holl ffordd i rif deg Downing Street, a llu o swyddfeydd paneli derw yn Whitehall. Byddai rhuthr ymhlith y wasg i gael gafael ar unrhyw un allai esbonio'r hyn oedd wedi digwydd.

Caradog 7 oedd y cyntaf i gysylltu. Ganddo ef roedd y teclyn a guddiai o ble roedd rhywun yn ffonio ac yn cymysgu'r iaith, nes bod hyd yn oed y National Security Agency yn Maryland bell a GCHQ gyda'i gilydd ddim yn medru gweld ymhle roedd y person oedd yn siarad, nac yn deall gair. Byddai eu rhwystredigaeth, eu technoleg a'u gwerth degau o biliynau o bunnoedd a doleri o gyfrifiaduron yn werth dim.

'Capten, maen nhw wedi ffrwydro, ond roedd lot llai o ddifrod nag y byddech chi'n ei ddisgwyl…'

'Ie…?' meddai'r Capten yn betrusgar.

'Ond beth oedd yn y tiwbiau 'ma… yn rhyfedd iawn a dweud y gwir… oedd hadau.'

'Hadau?'

'Llwythi a llwythi o hadau, fel tasen ni wedi bod yn defnyddio bomiau i greu gardd. Chi'n gwbod yr esgyll bach 'na oedd ar bob dyfais? Wel, dwi'n tybio taw eu pwrpas oedd gwneud yn siŵr fod yr hadau'n cael eu dosbarthu ymhellach.'

'Hadau, chi'n dweud? Pa fath o hadau?'

'Dwi ddim yn siŵr. Bydd rhaid aros iddyn nhw dyfu.'

Siglodd y Capten ei ben.

'Che, Che, beth yw hyn? Beth sy'n dy feddwl di? Beth yw pwynt yr hadau?'

Daeth yr ateb o fewn wythnos, ar ôl i haul a glaw bendithiol canol Awst oleuo a dyfrio'r caeau a'r coedlannau, y perthi a'r ffriddoedd, a dihuno planhigion o gregyn y plisgyn, i ddanfon y gwreiddiau i chwilio am angor ymhlith y gronynnau bach o bridd, a thyfu breichiau bychain o wyrddni wrth i'r egin bach lleiaf agor, i groesawu'r haul, i amsugno'r nwyon maethlon. Ac o fewn wythnos nid egin-blanhigion yn unig oedd yno, ond planhigion cryf. Ac erbyn yr wythfed diwrnod roedd 'na flodau – blodau anhygoel, trofannol, yn llenwi'r caeau â phetalau mawrion, porffor. Roedd blodau ymhob man, ffrwydriadau o liw.

Wythnosau'n ddiweddarach roedd y Capten yn edrych ar y newyddion pan ddywedodd Jon Snow rywbeth a wnaeth iddo wrando'n astud, rhywbeth am ddarganfyddiad rhyfeddol yng Nghymru. A dyma nhw'n dangos llun o blanhigyn, fel y rhai oedd yn tyfu blith draphlith lle bu'r Caradogiaid yn ddiwyd brysur. Sylwodd y Capten ar y capsiwn tabloidaidd ar y sgrin – 'Deadly Thorn Apple Bites Back' – o dan lun un o'r blodau hardd. Roedd y planhigyn, *Datura stramonium*, yn ôl dau arbenigwr (un yn arbenigo mewn terfysgaeth a'r llall mewn botaneg) yn hynod, hynod o wenwynig. Byddai rhai'n adnabod y planhigyn fel Jimson Weed, neu Devil's Snare, un o'r planhigion prin sy'n achosi marwolaeth os digwydd i rywun fwyta'r hadau. Roedd sawl math o wenwyn mewn gwahanol rannau o'r planhigyn, oedd yn ffurfio ffrwyth rhyfedd. Roedd y planhigyn wedi cael ei dyfu'n arbennig i sicrhau bod lefelau'r gwenwyn yn dipyn uwch na mathau eraill o'r Thorn Apple, a bod yn rhaid cael arbenigwr i symud y planhigion, a bod gwisgo pâr o fenig garddio trwchus ddim yn ddigonol.

Dyma arbenigwr wedyn yn dechrau sôn am fioderfysgaeth, ac egluro'i ddamcaniaeth bod y dyfeisiadau, y ffrwydriadau, yn dangos beth oedd y gell yma, y llun yma o… o… a dyma fe'n stryffaglu i ddweud yr enw… Byddin Heb Iachawdwriaeth… yn ddigon i rybuddio bod y corff yma'n medru defnyddio'r union declnoleg i ledaenu hadau a phlanhigion mewn ardaloedd mwy poblog, eu gwasgaru ar iard ysgol, neu eu cronni rhwng nendyrau, ac achosi pob math o broblemau. Byddai'r tyfiannau gwenwynig yn costio ffortiwn i'w clirio, gan fod pob planhigyn yn hynod o ffrwythlon. Yn y pen draw, gyda phob parc wedi cau, ni fyddai lle i blant chwarae, a phob tyfiant ar ymyl camlas, pob llecyn gwyrdd, yn wenwynig i'w gyffwrdd. Ac os digwydd i ryw anffodusyn lyncu hedyn, neu hyd yn oed fod ym mhresenoldeb dwst o hedyn, gallai fynd yn gyfan gwbl wallgo. Gallai'r ymgyrch barlysu'r wlad. Rhaid, rhaid, rhaid i bawb fod yn wyliadwrus iawn, a chysylltu â'r awdurdodau'n syth os digwydd iddynt weld rhywun yn gwneud unrhyw beth drwgdybus… fel plannu hadau.

Eisteddodd y Capten yn ôl yn ei gadair. Roedd yr arbenigwr wedi dangos y ffordd iddo'n glir…

Un llythyr.

Un bygythiad i ledaenu'r hadau yn Birmingham, ac

Ipswich a Colchester, gan ddweud bod y dyfeisiadau yn eu lle yn barod. Gyda'r un llythyr hwnnw, i olygydd gwleidyddol y *Daily Telegraph*, byddai'r Fyddin Heb Iachawdwriaeth yn hawlio grym a phŵer, gan fyw a bwydo ar ofn lluosol, a fyddai'n cael ei fwydo yn ffwrnes dychymyg y cyfryngau torfol.

A byddai eu hymgyrch yn blodeuo, yn sioe aruthrol o hufen, a gwyrdd a phorffor.

Sioe flodau, gan derfysgwyr, wedi ei threfnu'n ogonedd o liw a dail. A'r chwyn yn tyfu mor gyflym ag ofn.

Nodyn i helpu'r academydd druan fydd yn ceisio deall y gyfeiriadaeth Che Guevaraidd yn y stori flaenorol wrth astudio am ddoethuriaeth yn dwyn y teitl 'Sbageti syniadol: Cip ar waith awdur anghofiedig o'r unfed ganrif ar hugain, sef Jon Gower'

U N O DDARGANFYDDIADAU mwyaf trawiadol y gwaith ymchwil diweddaraf gan dîm Archif Che Guevara ym Mhrifysgol La Plata yn yr Ariannin yw cyfres o lythyron yn dyddio o'i gyfnod ym Mhrifysgol Buenos Aires. Cyfeiria nifer ohonynt at lyfrau yr oedd Guevara wedi bod yn eu hastudio ynglŷn ag Owain Glyndŵr, arweinydd a strategydd ymladd-dull-*guerrilla* oedd yn byw yng Nghymru ar ddiwedd y bedwaredd ganrif ar ddeg a dechrau'r bymthegfed ganrif, yn ymladd yn erbyn y Normaniaid oedd wedi gormesu'r wlad.

Mewn llythyr at ei gyfaill Hector Mendoza dywed Guevara: 'Glyndŵr oedd yr allwedd pendant i gymaint o fy athroniaeth yn y blynyddoedd i ddod. Y symud chwim. Y strategaethau diplomyddol. Ef oedd fy athro nodedig cyntaf, ac mae ei anian yn byw hyd y dydd heddiw ym Molifia ac yng Nghiwba ac yn yr holl wledydd sy'n rhydd eu hysbryd. Viva Glyndŵr. Heddwch i'w lwch.'

Bwriedir trosglwyddo'r llythyron gwerthfawr yma yn awr i ofal Llyfrgell Genedlaethol Cymru ar ôl proses o'u digido ar gyfer archif yr yr Ariannin. Disgwylir dirprwyaeth o'r wlad unwaith mae'r anghydfod diweddaraf ynglŷn â sofraniaeth y Malvinas drosodd, os bydd e fyth drosodd. Beth fyddai Che Guevara wedi'i wneud ynglŷn â'r ymosodiad newydd, 35 mlynedd ers i Margaret Thatcher anfon ei llynges hithau i Dde'r Iwerydd? Beth fyddai Che wedi'i wneud wrth i David Cameron, yn wan ar ôl i'r glymblaid ddatgymalu, geisio efelychu Thatcher drwy anfon llongau i Ynysoedd y Falkland, a symud sylw'r cyfryngau o'i broblemau domestig sylweddol? Ond bod llai o longau gyda'r llynges bellach, a'r Archentwyr ar dân ar ôl clywed areithiau Che ar eu MP3s fel rhan o'u hyfforddiant, yn cymell pwyll a chyfrwystra, a dewrder fel llewod yr Andes. Er mwyn newid cwrs hanes. A rhuo gyda balchder dyn sydd wedi amddiffyn holl ffiniau ei diriogaeth yn ddewr iawn, iawn.

Dros gorsdiroedd y Malvinas mae'r *chicos* yn rhedeg, yn barod i wrthsefyll milwyr Prydain, gan weiddi 'Viva Glyndŵr!' â'u calonnau ar ras, eu hysgyfaint wedi chwyddo'n falŵns gan falchder, a chanddynt ffydd yn eu hunain, nawr fod yr awr fawr wedi cyrraedd. Pwyll a chyfrwystra, ie, dyna'r arwyddeiriau. Dyna fyddai Owain yn ei gymell.

Mick yn caru David, David yn caru Mick

OS Y'CH CHI'N seren ffilm, neu yn y byd roc a rôl, mae'n bur debyg y bydd 'na stori ffals yn codi ei phen amdanoch chi ryw ddydd, un o'r chwedlau wrban hynny.

Sdim rhyfedd, felly, fod stori wedi dod o rywle, wedi ei gweu megis o wawn, am ddau o sêr mwyaf y byd roc, sef y bytholwyrdd Mick Jagger a David Bowie. Nawr, yn ôl y sôn, roedd prif leisydd band mwya'r byd a David Bowie wedi cael affêr yn y saithdegau, ynghanol hedonistiaeth a gwisgo ffrils a lledr. Mae'r ddau wedi gwadu hyn, ac ers iddynt dyfu i fod yn gorfforaethau creadigol, yn creu miliynau o bunnoedd drwy recordiau a pherfformiadau, mae eu timau cysylltiadau cyhoeddus wedi parhau i wadu'r ensyniad.

Ond, o dwrio a whilmentan yn ddiwyd…

Rhaid mynd 'nôl i fis Mai 1992, pan oedd cyn-wraig David Bowie, Angie, yn ymddangos ar raglen deledu Joan Rivers, yr un â'r wên i ddallu, gwên fel goleudy. Un amod o fewn dogfennau di-ri'r ysgariad oedd nad oedd Angie'n medru trafod eu perthynas am ddeng mlynedd. Ym mis Mai 1990 roedd y deng mlynedd drosodd a Joan, y Frenhines Gomedi, ar dân i glywed beth aeth ymlaen y tu ôl i ddrysau caeedig yr ystafell wely. Gan wybod y byddai'r ffi'n hael iawn, addawodd y gyn-Mrs Bowie y byddai ganddi stwff da, a phawb yn y tîm cynhyrchu'n gwybod y gallai Joan odro'r sefyllfa, a chael pawb i chwerthin, a mynd yn ddyfnach i bethau oherwydd y chwerthin, a'i gallu i wneud y manylion poenus, intimet deimlo'n llai poenus neu breifat.

Ond wrth i'r camerâu droi dyma Angie'n dechrau mynd yn nerfus a methu'n lân â siarad yn blwmp ac yn blaen. Pan ddechreuodd Joan ofyn y math o gwestiynau roedd hi wedi bod yn eu gofyn yn ystod yr ymarfer dyma Angie'n honni nad oedd hi fyth yn datgelu manylion preifat am ei chariadon.

Yn ystod yr egwyl dyma Joan yn rhoi yffarn o gerydd iddi, a'i chyhuddo o lwfrdra. Profodd Joan ei bod yn feistres ar y sefyllfa drwy agor yr ail hanner gyda chwestiwn uniongyrchol a digyfaddawd, a holi a oedd hi erioed wedi dal ei gŵr yn y gwely gyda dyn arall. Dyma Angie'n datgan, yn ddiflewyn-ar-dafod, bod hynny wedi digwydd fwy nag unwaith, a'r un mwyaf clir yn ei meddwl oedd pan wnaeth hi ddal ei gŵr yn y gwely gyda Mick Jagger.

Mae rhywbeth am dystiolaeth cyn-ŵr neu gyn-wraig sydd wastad yn debyg i ffuglen. Dyma hi'n disgrifio'r ddau ddyn noeth yn cysgu, gan nodi lliw'r blancedi, a'r ffordd roedd braich un dyn yn gorwedd ar draws ysgwydd y dyn arall. Ond defnyddio ffeithiau i guddio'r gwirionedd roedd hi. Doedd dim blancedi ac, yn wir, doedd dim dau ddyn dan y flanced. Stori fach i gadw Joan yn hapus oedd hi, gan nad oedd unrhyw un yn gwrando ar y sgwrs. Neb yn y stiwdio ar wahân i'r ddwy. Neb yn eu gwylio ar y teledu.

Neb yn gwylio Angie, a hithau'n cofio'r cyrff cynnes, a'r blancedi oren, a'r siec fyddai'n ei disgwyl. Gwylio Angie yn tanio chwedl.

Y meudwy yn y coed

MAE'R TAWELWCH YN gyson, yn gyflawn – sŵn mwswg yn tyfu, neu sŵn y nen yn llenwi â glasliw a thuswau o gymylau uwchben y canopi pin. Ambell waith mae diferyn o law yn cwympo gyda phlinc, fel nodwydd yn taro rhywbeth caled, neu sŵn tebyg i draed llygoden fawr yn sgrialu dros garegos, sy'n disodli'r tawelwch. Ac os digwydd i wiwer wibio ar draws llawr y fforest mae'n ddigon i racsio'r tawelwch, ei phawennau carlamus yn debyg i rywun yn bwrw timpani.

Ond, am y tro, mae'r lle'n dawel: mae'r lle'n *diffinio* tawelwch, a'r mwswg yn ddwfe trwchus, a'r coed yn ymestyn, ymestyn: y canghennau'n ymarfer ioga, chwith i dde, *yin* i *yang*, dde i chwith. Y *manzanita*'n hapus ymhlith y gwlybaniaeth; y pin ponderosa yn gefnsyth fel byddin ddisgybledig; y coed derw duon yn taenu cysgodion tua'r llawr; y gedrwydden yn bersawrus fel orenau'n pydru; y madrone'n dal; y ffynidwydden Douglas yn teyrnasu dros y chydig lecynnau tawel, a'r sypwellt yn wenfflam. Gallech ddweud bod hyn fel darlun. Gallech wir. Darlun gan Caspar David Friedrich. Y lliwiau olew'n sôn yn syml am natur ac am ddyn, rhyw eglwys werdd, neu Grist yn gwaedu yn y mieri.

Mae'n amser hir ers i Bruce weld person byw. Mae'n amser hir ers iddo feddwl am berson byw gan ei fod wedi bod yn byw ynghanol y gwyrddni unig cyhyd, ac wedi dod i ddeall sut i fyw ar gyfoeth annisgwyl y tymhorau: y ffwng i lenwi ffrimpan yr hydref, a'r aeron bychain i wasgu sudd; y cnau a'r falau surion i'w cludo o'r stordy pan ledaena'r eira'n llachar wyn dros lawr y goedwig. Bydd cig carw'r gwanwyn yn tasgu braster oddi ar ffyrc y barbeciw bach ac yna yn yr haf dim hyd llai na salad siarp o suran y coed, ac wyau brain yn omlet bendi-blydi-gedig. Yn nŵr crisial y llyn dawnsiai'r brithyll gan greu enfysau bach tanddwr, ac roedd dal y rhain yn hawdd, dim ond castio cleren a dal un arall, gan eu bod yn niferus ac yn naïf. Ac roedd yno ffynnon a nant, felly roedd cael dŵr ffres yn hawdd, a thoddi eira i'w gynnal ganol gaeaf.

Mae 'na ambell ddiwrnod heb fwyd, ond mae wedi dod i delerau â'r rheini: mae e wedi bwyta cerrig bychain i dwyllo'i berfeddion, a sugno maeth o ddarn o bren. Ar gyfnodau felly mae ei freuddwydion fel rhai o'r Hen Destament, temtasiynau a seirff ac erwau diddiwedd o anialwch, fel yr un a groesodd flynyddoedd yn ôl, cyn teithio i fan hyn, gan ddysgu'r iaith Aramaeg, a sut i fyw ynghanol nunlle. Roedd hynny cyn iddo newid ei enw o Jorge, gan gladdu ei orffennol, a chreu bywyd newydd iddo'i hun yn y wlad newydd.

Treuliodd ddeng mlynedd yn gweithio mewn ffatri ganio, lle byddai'r pysgod yn cael eu harllwys fesul tunnell drwy'r drysau mawr aliwminiwm. Arllwys eogiaid Chinook yn un rhaeadr arian sgleiniog fyddai Bruce – 'the only Mexican in the world to be called Bruce', yn ôl llif cyson o ddirmyg a sarhad ei gyd-broseswyr – gan deimlo nad oedd hi'n bosib delio ag un llwyth cyn bod llwyth arall yn llenwi'r cludydd, a'r pysgod yn gwenu arno, neu'n chwerthin fel gwallgofion, ac yntau'n deall taw fe, Bruce, oedd ar y brinc. Paranoia'n newid y byd yn hunllef.

Bu Bruce yn byw gyda Betty Grimple, oedd yn weddw i bysgotwr chwedlonol o'r enw Don Grimple, ac yntau'n enwog o Juneau i Frisco, na, yn enwog ar draws y byd oherwydd yr hyn ddigwyddodd iddo ar ei fordaith olaf. Dyma'r stori ddywedodd Betty wrth Bruce y tro cyntaf y cyfarfu'r ddau yn y Royal Moose, y clinic alcoholiaeth. Bu farw un yfwr selog wrth y bar ac ni sylwodd neb am bedair awr. Yn aml byddai tri neu bedwar pen yn gorffwys ar y bar, yn chwyrnu ac yn glafoerio, a Billy Goat, y barman, ddim yn llawer mwy effro.

Un noson, closiodd Betty at Bruce nes ei fod yn poeni bod ei gwallt yn mynd i fynd ar dân wrth i'w chwrls ddisgyn yn beryglus o agos i fflam y gannwyll a ddawnsiai'n dawel mewn pot jam ar y bwrdd. Roedd ganddi becyn o Cheddar Cheetos ar agor ar un ochr iddi a dau baced o Winstons yr ochr arall. Smygai fel morwr, yn tanio un sigarét oddi ar un arall, a thynnu'r mwg yn ddwfn i'w hysgyfaint, fel petai maeth ynddo, yn hytrach na nicotîn a thar a charbolic, sef stwff i stripio paent. Sugnodd un neidr hir, las o fwg i'w hysgyfaint cyn cychwyn y stori.

Roedd Don Grimple wedi gwario ei holl gynilion ar rwyd bysgota newydd, un na fyddai'n torri gan ei bod wedi ei gwneud o ddeunydd wedi ei ddatblygu gan NASA. Roedd Don am fentro i foroedd gwyllt lle roedd y dŵr yn berwi, ac roedd angen rhwyd fyddai'n medru delio â'r heidiau enfawr o bysgod a nofiai drwy ddychymyg Don. Byddai'n gwneud ei ffortiwn, o ie, syr, byddai.

Pan ddaeth yn amser i'r sgotwyr adael, roedd y dre'n un cynnwrf am fod y deg morwr gorau yn gadael gyda Don. Roedd yn cynnig gobaith, oherwydd roedd y stoc o eogiaid yn is nag erioed. Ie, gobaith y byddai gwaith i'w plant unwaith yn rhagor. Daeth band y dre i chwarae detholiad o hen ganeuon Dixie wrth ymyl y cei, a bu tipyn o wylofain wrth i'r dynion gario slabiau o gig carw wedi'i sychu, rhyw fath o *pemmican*, caniau cwrw, a digonedd o ddŵr ffres mewn canisterau plastig ar fwrdd y *Sea Hawk*.

Safodd holl drigolion y dre yn yr harbwr nes i'r cwch fynd heibio'r bwi pellaf a throi'n ddim mwy na smic. Trigolion gobeithiol, ond pryderus: y ddau yn gymysg berw. Doedd neb yn mynd i bysgota yn y rhan wyllt honno o'r môr. Doedd hyd yn oed y cwmnïau olew trachwantus ddim yn chwilio am danwydd yn y moroedd ffyrnig yma. Ond roedden nhw wedi mynd, y morwyr dewr, i gyfeiliant 'The Marching Song of the First Arkansas Negro Regiment' oedd yn dal i guro rhythm ym meddyliau'r trigolion wrth iddyn nhw droi am adre. I gartrefi gweigion.

Bu'r fordaith yn hawdd ar y dechrau, a gwynt teg ar eu holau, ond ar y pedwerydd diwrnod roedd hi fel petaen nhw wedi croesi llinell anweladwy yn y môr a dyma nhw ynghanol llygad tymestl wyllt, a'r tonnau'n hurt o uchel, fel nendyrau o wydr gwyrdd, yn codi'n barêd trwchus, neu'n wal o ddŵr. Ac ynghanol golygfa felly collwyd Terrence Blacker, ei olchi'n chwim oddi ar fwrdd yr *Hawk* yn gwbl ddisymwth a heb rybudd yn y byd. Ond doedd gan neb amser i fecso am hynny oherwydd roedd y sonar yn dweud bod haid aruthrol o fawr ar fin taro'r rhwyd, a'r cwch yn cael ei daflu fel matsien ar hyd y lle.

Ond roedd greddf Don yn dweud fel arall, yn gwadu presenoldeb pysgod o unrhyw fath, er nad oedd yn medru dweud wrtho'i hun beth yn union oedd oddi tanynt. Yna, dyma'r siâp ar y sonar yn dangos yn blaen fod y diawl peth, y Lefiathan o forfil enfawr, yn gaeth o fewn eu rhwyd. Dyma Don yn symud y cwch ymlaen gystal ag y medrai, er mwyn cau ceg y rhwyd. A dyma'r strygl anferthaf yn dechrau, wrth i'r bwystfil dynnu'r cwch drwy'r dŵr gan gyrraedd cyflymder o ddeg not, a Don a'i gyfeillion yn rhyfeddu. Gwaeddai Marty, ffrind gorau Terrence, 'Man overboard!' drosodd a throsodd a throsodd nes bod yn rhaid i Don ei hun weiddi'n groch wrtho am stopio, gan gystadlu â rhu'r gwynt byddarol.

Aeth y frwydr rhwng Don a ta-beth-oedd-yn-y-rhwyd ymlaen am hydoedd, a'r cwch yn cael ei hyrddio fan hyn a fan draw wrth i'r môr droi'n anifail gwyllt, yn tasgu a rhoi ei fryd ar draflyncu'r deg morwr pitw yn eu cwch bach pitw, a'u taflu'n ddarnau bach o froc môr i ryw draethell ddiarffordd. Brwydr rhwng dan y don a'r byd uwchben y don, y byd o wylltineb gwyrdd a'r dyfnderoedd du, a'r peth 'ma, y blydi peth anhygoel o bwerus yn pwyso mwy nag y gallai Don ddychmygu, fel petai wedi dal Kraken, neu Hydra, neu neidr fôr anferthol, un o'r llu o greaduriaid chwedlonol o gornel hen fapiau, yn stryglo yn y rhwyd.

Ac yna, heb rybudd, dyma'r gwynt yn gostegu a distewi, a phŵer y pethma yn y dŵr yn gwanhau, fel petai cysylltiad rhwng y ddau. Penderfynodd Don droi am adre, gan wahodd y criw i rannu siocled poeth cyn cynnal defod i gofnodi marwolaeth Mr Blacker, oedd yn dad i dri o blant, a phawb yn gwybod y boen a'r galar oedd yn eu disgwyl ar y lan.

Beth, beth yn y byd oedd yn y rhwyd? Dyna oedd ar feddwl pawb.

Ond dywedodd Don y byddent yn aros nes eu bod nhw'n ôl yn Seward cyn tynnu'r rhwyd i fyny. Teimlai ym mêr ei esgyrn fod rhywbeth od lawr fan'na – od ac anferthol.

Pum diwrnod hir o siwrneia, gyda'u cargo o alar a newyddion drwg a'r pethma yn y rhwyd yn llusgo yn y dŵr fel mynydd tanddwr. Ambell dro codai'r gwynt, gan greu pawennau cath o donnau bach gwynion ar wyneb yr heli, ond, gan amlaf, roedd y tywydd yn fendith, a'r gorwel i'w weld yn glir.

Gwawriodd y dydd y byddent yn cyrraedd adref, i wledd o gynhesrwydd teulu a chymuned. Lledaenodd y neges amdanynt yn dyfod adref fel mellt, wrth gwrs, ac erbyn iddynt ymddangos rhwng Caines Head a Thumb Cove roedd y band yno yn eu lifrai smart, a gwragedd y ddinas yn eu dillad syber, wedi dyfalu bod rhywbeth gwael wedi digwydd, a bod neb wedi cael ateb plaen i'r cwestiwn 'Sut mae Terrence?'

Ond nid diflaniad Terrence oedd y prif ddigwyddiad, nid hynny syfrdanodd y lle. O na! Pan dynnwyd y rhwyd i fyny dyna lle roedd...

Llong danfor Sang-O II/ K-300 o Ogledd Corea, 340 tunnell, gyda chriw o 17, a'r rheini'n bell iawn o'u cartref yn Ch'aho-rodongjagu ar arfordir dwyreiniol y wlad. Dyma'r tro cyntaf i long o'r fath ddod yn agos at dir mawr America a sdim rhyfedd felly i syrcas o swyddogion o'r Pentagon a newyddiadurwyr ac aelodau o'r fyddin a chriwiau camera o bob cwr gyrraedd i adrodd yr hanes. Daeth cymaint ohonynt yn wir fel bod pob gwesty a motel, o'r Edgewater i'r Van Guilder, yn gyfan gwbl lawn. Derbyniodd nifer fawr o'r trigolion bobl i aros yn eu cartrefi – rhai o sêr y byd newyddion fel J. J. McGee a Wolf Mankowitz, hyd yn oed, yn aros mewn llety yn swbwrbia llwyd y ddinas.

Holwyd Don gan dros naw cant o orsafoedd radio a phapurau dyddiol o'r *Seattle Times* i'r *Hong Kong Mail*, gan adael ei lais yn hollol gryg. Efallai taw'r blinder hwnnw a achoswyd gan yr holl holi a stilio a siarad wnaeth achosi ei salwch, neu efallai taw effaith y storm ydoedd, ond o'r diwrnod hwnnw sylwodd Betty fod ei gŵr yn gwanhau, yn colli diddordeb yn y byd a'i bethau. Prin y byddai'n bwyta bwyd, ond byddai'n talu sylw i'r holl ddadansoddi a'r areithiau gan arweinydd Gogledd Corea, yn bygwth ugain math o ddial ar y diafoliaid cyfalafol oedd wedi herwgipio'r morwyr dewr. Safai ar y sgwâr yn Pyongyang gyda lluoedd yr Inmin Gun, Byddin y Bobl, yn llenwi'r sgwâr anferthol o'i flaen, degau o filoedd ohonynt yn troi'n gytûn, yn cerdded mewn step, eu hysgwyddau'n uchel, a'u llygaid tua'r blaen, gan gyfrif 'Hyp! Il, ee, sam, sa, oh!' Am sbectacl i wneud i'r gwaed gyflymu, i wneud i Dde Corea boeni'n ddirfawr am ei chymydog arfog! Roedd y fyddin Goreaidd yma'n fodlon marw dros eu gwlad. 'Daw balchder gydag angau' – dyna oedd y moto. Dyna oedd y gred. Gwrandewch ar eu lleisiau'n uno: 'Il, ee, sam, sa, oh.'

Un bore, ac yntau ar hanner bwyta bagel di-flas, dyma Don yn rhoi gwaedd fach gynnil a chwympo oddi ar y gadair. Rhuthrodd Betty ato o'i gegin ond gallai weld bod ei gŵr yn gelain, y masg cwyr wedi disodli'r wyneb.

Ar y teledu roedd adroddiad o'r Tŷ Gwyn, a'r Arlywydd yn cyfiawnhau symud y morwyr Coreaidd caeth i Guantanamo, gan eu disgrifio fel terfysgwyr, oedd yn siŵr o gythruddo'r wlad fwyaf milwrol yn y byd hyd yn oed yn fwy. Ac roedd yr Arlywydd yn gwybod yn iawn beth roedd e'n ei wneud. Pan mae pethau'n ddrwg ar yr ochr ddomestig, edrychwch am chydig bach o drwbwl rhyngwladol, estynnwch eich cleddyf o'i wain, a dangos ei sglein a'i awch.

Erbyn i Betty orffen adrodd ei stori roedd y ddau becyn o Winstons yn wag a hithau'n dechrau edrych yn drwblus heb sigarét yn ei llaw. Tynnodd Bruce becyn o'i siaced ledr ac awgrymodd Betty y gallent gael brandi bach 'nôl yn y tŷ. Nododd Bruce sut roedd ei gwallt gwyn fel eira, cyn mynd gyda hi. A dyna lle bu am wyth mlynedd, gyda Betty, oedd yn gofyn chydig, ar wahân i ofyn iddo ambell waith i wisgo dillad ei diweddar ŵr, Don. Y fenyw â'r gwallt gwyn fel eira yn caru'r pysgotwr enwog.

Ond, un diwrnod, dyma Betty'n gadael y tŷ a ddaeth hi ddim yn ôl. Gyrrodd ei Chevrolet Impala i Moose Harbour ac ar ôl iddi barcio'r car ar glogwyn uwchben y môr, dyma hi'n rhyddhau'r brêc a rholiodd y car yn araf tua'r ymyl. Wrth i'r coffin metel suddo roedd hi'n dal ffotograff ohoni hi a Don ar ddiwrnod eu priodas, yn ei wasgu'n dynn.

Ar ôl yr angladd roedd hi'n amser i Bruce symud ymlaen, a dyna pryd y darganfu'r caban yn y coed. Bu bron i'r gaeaf cyntaf ei ladd. Roedd yr eira wedi claddu'r drws ffrynt ac am dair wythnos ni lwyddodd i adael y lle, gan fwyta canhwyllau ac, unwaith, llygoden fach anffodus a gafodd ei chornelu gan ddyn newynog iawn.

Yma, mae'n meddwl am Betty, ac am ei fywyd. Mae'r caban yn glyd heddiw. Tybia fod y gwanwyn ar y trothwy. Bydd yn gweld eisiau'r eira. Bydd, bydd yn gweld ei heisiau hi.

Cyfarfod yn Nevada

ROEDD YR HEN McNabs, Satan, yn credu taw fe oedd wedi ennill y gystadleuaeth am ei gasgliad o enwau da. Gellid eu hadrodd megis un ticer-têp dieflig o hir – Diablo, y Cythraul, Liwsiffyr, y Dychrynllyd Un, Beelsebwb, yr Hen Nic (talfyriad, yn ôl rhai, o'r Hen Richard Nixon, celwyddgi o Arlywydd a disgybl disglair ar y Materion Cythreulig), Tywysog y Tywyllwch, Meffistoffeles, yr Arglwydd Tywyll ac, wrth gwrs, y Diawl neu'r Diafol. Lot gwell na Yahweh, yr Iôr, yr Arglwydd, ac yn y blaen, ac yn y blaen… sy'n enwau sofft, addolgar, ffuantus.

Roedd rhywbeth secsi, atyniadol ynglŷn â'r enwau. Gofynnwch i'r wrach gafodd blentyn ganddo, a chanddo un llygad ynghanol ei dalcen ac anadl fel gwaelod ffos. Roedd hi, yn amlwg, yn dwlu ar Hen Nic. Cofiai yntau sut roedd ganddi ddafadennod mawr, gwrachaidd ar ei hwyneb. Trigai mewn pentref diarffordd yng Ngwlad yr Haf lle byddai'n gweiddi ei enw ar nosweithiau lleuad lawn, a byddai'n mynd ati i garu, a hithau'n hoff iawn o'r arogl gafr a sŵn ei garnau'n trotian tuag at y sil ffenest. Fe, y dyn wnaeth greu Asda Walmart, bedyddio Jiwdas ac Adolf, creu temtasiynau fel rhoi siocled ar ben bisgedi Hobnobs a'u gwneud nhw mor gaethiwus ag opiwm, heb sôn am gychwyn pob rhyfel, creu arogl sawrus swlffwr, rhedeg pob casino, lledaenu cenfigen, puteinio'r gwan a gwobrwyo'r creulon, o Saudi i Seville, o Somalia i Gaersws. Ond gwyddai hefyd ei fod yn colli'r Frwydr Fawr – yr un am yr holl eneidiau, oedd yn lluosogi fesul eiliad. Er bod Nietzsche yn gywir pan awgrymodd fod pob un yn cael ei eni gyda phosibilrwydd drwg hollol neu dda hollol, dewisai'r rhan helaethaf o'r ddynolryw y ffordd anghywir. A beth oedd pwynt haelioni a chariad a goddef-blydi-garwch pan allech gael chwant, defodau ganol nos yn lladd geifr, trais diddiwedd, sathru'r gwan dan draed, a gwin a fodca a chrystal meth a heroin, a chlincer o albwm newydd Black Sabbath? Felly, roedd ganddo waith i'w wneud...

Gwyddai'r Dyn Da yn union beth oedd ei angen, a dim ond un peth fyddai'n ddigon i demtio'r Bwbs allan i dir agored. Felly, ar ôl swper, gofynnodd i'w fab unig-anedig fynd lan i Arsyllfa'r Sêr, lle gellid edrych ar y naw bydysawd yn ymestyn mor bell â therfyn y greadigaeth, y llinell bell nad yw'n bod, fel y dywedodd bardd o un o'i hoff wledydd – gwlad fach, nefolaidd, yn llawn defaid a dŵr ac, ar un adeg, un o'r llefydd ffyddlonaf oll, er bod ei haddoldai syml nawr yn demlau gwag, neu'n llefydd gwerthu ceir.

'Mae'r amser wedi dod.'

'Dwi'n gwybod, nefol dad.'

'Bydd e'n gryfach y tro hwn. Mae e wedi bod yn bwydo, wedi ei atgyfnerthu ers y tro diwethaf.'

'Ac mi ddaw allan o'i guddfan?'

'Heb amheuaeth. Hwn fydd ei gyfle gorau, yr olaf efallai, cyn bod y ddynolryw yn tyfu'n rhy niferus, a'r afiechydon, y moroedd mawr, y newyn, yr holl hadau drwg mae e wedi eu plannu yn yr ardd yn blodeuo ac yn dwyn ffrwyth gwenwynig. Byddwch yn cwrdd unwaith eto yn yr anialwch. Y tro hwn bydd ei demtasiynau yn gryfach. Mae e wedi bod yn astudio'n ddiwyd pan nad yw wedi bod yn rhacsio a difrodi. Mae e'n fwy deifiol.'

Gwyddai'r Dyn Da sut y byddai ailymddangosiad ei fab yn gwireddu sawl proffwydoliaeth, a Thystion Jehofa yn sicr yn mynd yn nyts o'r herwydd. Fe oedd Brenin y Nefoedd a nhw fyddai'n dathlu fwyaf pan fyddai'n ymddangos, yn ei gerbyd rhyfel, ei *chariot* aur, yn tasgu gwreichion o'r olwynion metel.

Cofiai'r pleser a gafodd o greu metelau a fyddai'n hisian o'u cyfuno â dŵr, neu greu magnesiwm a fyddai'n llosgi fel ei hoff lusern, yr haul llachar. Ond roedd y metel newydd yma, ar ymyl yr olwynion, yn tasgu gwreichion drwy effaith ffrithiant, gan edrych fel sioe fach dân gwyllt. Gwyddai sut i blesio'r meidrolion trwy drefnu sioe o liwiau a drama a sŵn, *son et lumière*.

Gan eu bod wedi gweithio shifft ddwbl oherwydd salwch stumog oedd wedi effeithio ar gymaint o bobl yn Las Vegas, roedd dau blisman Highway Patrol, Harry Braden a Dave Symon, yn meddwl taw blinder oedd yn chwarae triciau â nhw. Allan yn y tywyllwch, y tu hwnt i oleuadau'r Strip, roedd golau disglair, fel awyren neu hofrenydd yn glanio. Edrychodd y ddau ar ei gilydd fel dau ddyn oedd yn amau eu bod newydd ddihuno ynghanol breuddwyd. Ar ôl munudau hir dyma un yn troi at y llall:

'Will you look at that?'

'I *am* looking. But I don't know what I'm looking at.'

'If I'm not mistaken, you are looking at a chariot, and if my eyes don't deceive me, buddy, we are looking at a celestial chariot.'

'Celestial?'

'Put it like this… checking *this* baby out is way above our pay grade!'

Dyna sut y daeth yr FBI i erchwyn dinas rithiol Vegas i archwilio'r cerbyd o fyd arall. Ni chymerodd yn hir iddyn nhw benderfynu taw job i rywun arall oedd asesu'r peth wnaeth ymddangos mewn sioe o dân gwyllt gwell nag unrhyw sioe y tu allan i'r Bellagio neu Caesars Palace. Cyn hir roedd y CIA yn anfon eu dynion gorau, yn eu siwtiau Armani, i ymuno â'r dorf oedd yn crafu'u pennau wrth sefyll yn llwch Vegas, wrth i'r haul ddechrau crasu'r tirlun.

Doedd yr un ohonynt yn gwybod bod dyn digon cyffredin yr olwg – gwallt hir glân, oferols denim glas, crys T gyda'r geiriau 'Be Good' dros y ffrynt a llygaid pefriol, mor las â Môr Galilea – wedi teithio yn y cerbyd rhyfel ac, wedyn, yn syth ar ôl glanio, wedi cerdded allan i'r nos, heb adael ôl traed yn y tywod. Nid oedd corff y mab wedi ei greu o foleciwlau, ond o ysbryd sanctaidd, neu niwl Duw. Byddai'n gorfod cerdded am ugain awr i gyrraedd y man lle byddai'n dechrau dringo. Nid dringo mynydd fel y cyfryw, ond bryn o dwfa folcanig allan ar y *mesa*. O'r fan honno gallai'r ddau, y Bwbs a'r Iesu, weld y ddinas sgleiniog yn y pellter, yn rhoi rhimyn arian ar y smog.

Ei gyfaill ym mhob drygioni, y Madfall, ddywedodd wrth Satan am yr Ymddangosiad yn yr Anialwch, ar ôl i un o'r dadansoddwyr ym mhencadlys y CIA yn Langley, Virginia gysylltu ag ef. Y Madfall oedd un o'r ychydig ddynion roedd Satan yn medru ymddiried ynddo i aros yn gryf ac yn ddrwg, gan ei fod yn ddyn heb sentiment, na chydwybod, gydag ysgyren o iâ yn ei galon, dyn oedd wedi lladd ei ddau frawd, Pete a Clete, heb feddwl ddwywaith. Giangstar o'r Hen Ysgol oedd y Madfall, o dras digon cymysg, *minestrone* o Wyddel a Mongol, a'i fam (smyglwr cyffuriau proffesiynol) wedi cwrdd â'i dad (gwerthwr arfau yng nghanoldir Asia) yn yr unig *discotheque* yn Ulan Bator a phriodi yn nhŷ Fu Manchu. Sarff yn priodi sarff, a sdim rhyfedd bod eu mab yn berchen ar y fath lygaid didostur, llygaid cobra yn llygadu'i brae.

Sdim rhyfedd, chwaith, taw fe oedd ffrind bore oes Satan, oes Guantanamo a nwy sarin a'r Gwanwyn Gwaed diddiwedd yn Arabia. A'r Madfall oedd wedi clywed am y glaniad, ac wedi damcaniaethu yn union ble roedd yr Iesu'n mynd i fod yn disgwyl am y Diafol, ac yn teimlo'n falch iawn ohono'i hun.

Felly, dyma'r sefyllfa, y *showdown*. Roedd yr Iesu'n yfed coffi o'i Thermos, yn gwrando ar udo'r coiote rywle i lawr ar y gwastatir, tra bod y Diafol ar ei ffordd o Salinas ar gefn Harley-Davidson, a chriw o Hells Angels yn ei ddilyn, yn rhuo'u hinjanau megis daeargryn – tair mil o Angylion Uffern yn llenwi pedair lôn wrth deithio tua'r gogledd, yn gymylau dwst, a phoer o ddiesel. Ymlaen â nhw i gwrdd â'r Iesu, fel byddin o'r ochr dywyll.

Gwyddai'r Iesu mai oriau'n unig oedd ganddo i baratoi. Byddai'r Bwbs yn cynnig y byd iddo, a byddai'r byd yn llawn addurn, a chnawd, a ffyrdd cynhwysfawr o gynhyrchu pleser, pethau cnawdol, nwydus fyddai'n denu unrhyw ddyn. Rhaid cofio ei fod e nawr yn ddyn ar y ddaear, ddim yn rhywbeth uwchlaw'r cyffredin, arallfydol, ac yn sicr ddim yn berchen ar bwerau mab y Dyn Da, allan fan hyn, ar y creigiau geirwon oedd yn oeri yn nhawelwch nos yr anialwch. Roedd hyd yn oed y coiote nawr yn fud.

Cododd yr haul yn gyflym fel satswma yn y dwyrain. Yn y pellter, draw tuag at New Station a Rurales, gallai Iesu weld yr haen o ddwst yn cynffonna y tu ôl i'r osgordd, pob un yn symud ar ras, gan milltir yr awr, a Satan, McNabs, y Bwbs yn chwerthin yn groch, gan weld buddugoliaeth o'i flaen, ac yn sawru gwaed.

Suddodd yr Iesu ei ddannedd i afal gwyrdd o'i napsac a mwynhau'r sawr a'r surni a'r siwgwr. Amcangyfrifai y byddent yma ymhen llai nag awr. Digon o amser i weddïo felly, cael ymgom gyda'i dad, neu gyda ta p'un o'r angylion oedd ar ddyletswydd ateb gweddïau y diwrnod hwnnw. Gallai glywed y moto-beics yn ogystal â'u gweld. Gwell iddo gadw'r weddi'n fyr, ond, eto i gyd, roedd angen gweddïo.

Disgynnodd yr Iesu, neu Jaycee yn y parthau hyn, ar ei bengliniau a syllu i'r nen. Dechreuodd siarad, a'i ofnau'n arllwys ohono mewn un nentig wyllt o nerfusrwydd. Ond clywai lais yn dod yn ôl ato, llais tawel ond awdurdodol yn dweud nad oes angen ofni pan fo gennych ffydd. Dim o gwbl.

Yn y munudau cyn i Satan gyrraedd astudiodd Jaycee y byd o'i gwmpas. Roedd yn hoff iawn o fod yn feidrol – o flasu ac arogli a gweld a chlywed a theimlo'r gogoniant a'i hamgylchynai. Yr haul yn codi mewn gorfoledd o oleuni dros y *mesa*. Yn y ceunant oddi tano llithrai madfall drwy dwll mewn pentwr o gerigos sych a deuai ychydig bach o wynt coed pin o rywle pell, draw dros y gorwel. Uwch ei ben troellai naw fwltur, eu hadenydd fel dwy ffan fawr Tseinïaidd i gysgodi'r weithred o ddarnio cyrff. Un funud arall cyn bod y beiciau'n troi oddi ar yr *highway*. Dyma nhw. Tynnu un anadl drom. Ac un arall. Ac aros i'r Dyn Drwg.

Nid oedd ymgom rhyngddynt. Dim ond nòd heriol o lygaid sarff Satan wrth iddo dynnu ei helmed a rhyddhau ei wallt Gorgonaidd, hir, seimllyd. Dim ond nòd atebol gan y Mab. Y ddau ddyn yn sefyll wyneb yn wyneb wrth i gannoedd o feicwyr gynnau barbeciws wrth droed y mynydd. Heb bw na be dyma Satan yn estyn ei fraich mewn bwa araf ar draws unigeddau'r tirlun, nes bod ei fysedd yn cyrraedd erchwyn swbwrbia Las Vegas, a'r *strip malls* diddiwedd – Chuck E. Cheese, The Full Colon, RadioShack, Jiffy Squid, McDonalds, Target, L.L.Bean, EatAllYouMust, Sears, KFC. A'r gwestai arallfydol o swanc.

'Ydych chi'n barod, eich Mawrhydi?'

'Yn hollol barod,' atebodd y Mab a dyma'r temtasiynau'n dechrau, yn ddilyniant megis ffilmiau byrion ym mhen y Mab.

Fel consuriwr yn profi nad oedd ganddo gwningen, na thusw o rosod gwyn yn ei lawes, dyma Satan yn estyn ei fraich eto i gyfeiriad y ddinas, ac wrth iddo wneud dyma Las Vegas fel petai'n toddi, yn trawsnewid i fod yn gyfuniad o bob dinas, *melange* anhygoel o adeiladwaith annisgwyl, siang-di-fang, dyfyniadau pensaernïol o bedwar ban byd. Roedd tyrau Samarkand yn codi'n rhithiol fel madarch Asiaidd, ac oddi tanynt rai o eicon-adeiladau'r byd, wedi eu gosod ochr yn ochr. Dyma'r Alhambra, gwledd o fathemateg a chymesuredd Islamaidd, a dŵr croyw, clir y Sierra Nevada yn byrlymu i'w ffynhonnau perffaith, a'r teils o gwmpas yn batrymau i gystadlu â phatrymau natur. Megis llong hwyliau foliog ger y palas yn Sbaen safai Tŷ Opera Sydney, yn sgleinio'n wyngalchog yn yr heulwen, a pherffeithrwydd y Parthenon, adeilad Chrysler yn codi'n nendyrog, ac eglwys gadeiriol Notre Dame a minaréts Bagdad, a'r Mosg Glas yn hudo'r llygad. Y rhain, a mwy, wedi eu trefnu i'w harddangos ar eu gorau, yn un ddinas o ofod, a pherspectif, dyfeisgarwch a rhyfeddod ac addurn, a'r Mab yn gwybod bod Satan yn cynnig y rhain iddo, gan nad oedd gan Satan unrhyw ddiddordeb mewn aestheteg, ac y byddai'r tyrau'n cwympo fel Tŵr Babel, neu Erddi Babylon, neu'r Pyramidiau a'r holl adeiladau yn troi'n adfeilion, fel rwbel Aleppo yn y cof.

Trodd y Mab ei gefn ar y ddinas fawreddog, ei ateb yn glir yn yr un symudiad pendant hwnnw.

Gwenodd Satan.

Yn ddirybudd, llenwyd yr anialwch â dŵr hallt, fel golygfa o ffilm CinemaScope, o'r un cyfnod â *Ben-Hur*, a'r tonnau'n lapio'n dawel yn erbyn traethell. A dyma Ursula Andress yn cerdded allan o'r tonnau ac yn edrych ar y Mab, a'r llygaid brown golau yn llawn addewid. Bron na allai'r Mab flasu'r llinellau tenau o halen ar ei hysgwyddau, ac

ogleuo'i gwallt yn sychu yn yr haul wrth iddi lanhau conc. O, sglein ei chroen, ei gwallt gwlyb yn glynu bochau prydferth! Sylla'r Mab arni, ond mae'n gwybod ffordd y cnawd yw ei ffordd ef.

'Byddaf ffyddlon i fy nhad tra byddaf byw.'

Gyda'r geiriau hyn, mae Ursula'n troi'n un o'r beic Deke Death o Hollister, ei wallt yn wlyb gan saim fochau'n fap smotiau coch o blorod, a'r bola cwrw enfawr yn difetha unrhyw gof o goesau hir a bicini hufennog melodïau'r cregyn conc, fel tonnau'r môr yn torri draethell berffaith.

Un tric sydd gan y Diafol ar ôl, un demtasiwn fawr, neu'r Bancyr fel mae'n ei disgrifio, yr un fydd yn penderfynu ffawd y Mab. Bydd y Mab yn credu bod yr hyn y mae'n ei weld yn digwydd mewn gwirionedd, oherwydd mae Satan wedi bod yn ymarfer y telepathi angenrheidiol i afael ym meddyliau pobl, a'u meddiannu. Hen ddyn mewn teml ar ynys ger arfordir Siapan ddysgodd y grefft iddo, dyn duwiol oedd wedi blino ar garedigrwydd oherwydd creulondeb y cancr oedd wedi trawsnewid celloedd yn ddwfn o fewn ei gorff.

Dyma'r Mab yn gweld ei Dad yn cwympo o'r cymylau ac yn glanio ar fanc o fwd wrth ochr afon Amason lle roedd jagiwar un llygad, a chaiman cyhyrog yn torheulo, yn synfyfyrio. Ac wrth i'r Mab syllu ar lygaid pefriol-heriol y gath wyllt, dyma hi'n sleifio i'r dŵr, ac yn nofio draw i godi'n ddistaw y tu ôl i'r amffibiad. Yn ddisymwth dyma'r jagiwar yn cnoi'n ddwfn i grombil y penglog caled, a'i bawennau a'i grafangau'n glynu'n dynn ar ochrau'r geg ddanheddog, cyn

tynnu'r caiman o'r dŵr, a'i gario, er gwaetha'r llif pwerus, mor hawdd â chario bwji i ochr draw'r llif.

A dyma'r Mab yn edrych ar y gath ryfeddol yn cnoi a naddu'r cig a'r croen, a gwneud annibendod cynddeiriog o gnawd a gwaed. A'r cybiau bach oedd yn cuddio gerllaw yn dod i fwyta'u swper, ac yn llarpio'r corff yn gyflym, gan gynnwys y croen trwchus, pothellog. Dyma'r jagiwar yn codi'n araf, wedi blino'n llwyr ar ôl ei ymdrechion, ac yn symud drwy'r gwair, ei ddannedd hurt yn dywyll â gwaed ffres. Mae cath yn newid pan mae'n hela. Mae pob un o'r synhwyrau yn fyw i arogl a symudiad a phresenoldeb cig newydd, a chalon prae yn curo.

Gwrando am y curo.

Edrych am foleciwlau o arogl anghyffredin.

Mewn tyfiant o frwyn, ddau gan llath i ffwrdd, mae Duw'n gorwedd, ei goes wedi torri ar ôl cwympo o gryn bellter, ac mae Duw'n gwybod am y gath, gan ei fod yn gwybod popeth. Wel, bron popeth. Ond dyw e ddim yn gwybod ei fod wedi colli ei bŵer a'i awdurdod wrth gwympo. Mae'n gorwedd yno, nid yn Dduw, ond yn ddyn, ac os caiff dannedd y jagiwar afael ynddo, ni fydd yn ddim mwy nag ysglyfaeth, yn *hors d'oeuvre* cyn cinio, yn damaid i aros pryd.

Yn gegrwth, a'i goesau'n crynu fel jeli, mae'r Mab yn edrych ar ei dad, ac ar y jagiwar yn codi ei ffroenau'n araf, yn nodi rhywbeth estron ar y gwynt. Cig. Cig dyn gwyn. Lot melysach, llai gwydn na chig caiman. Mae'n gosod un bawen yn dawel ond yn bwrpasol o'i flaen, ac yna'r bawen nesaf, yn sleifio ymlaen, yn garcus a gosgeiddig.

Hen ddyn diymadferth, gwan, heb unrhyw ffordd yn y byd i'w amddiffyn ei hun rhag y wylltgath sy'n padio gam wrth gam tuag ato, ei ffroenau'n uchel ac yn agored, yn edrych am y symudiad lleiaf i gadarnhau'r arogl cig gwyn.

Prin bod y Mab yn medru edrych ar y sefyllfa'n datblygu. Llygaid penagored ei dad yn edrych i fyny, heb syniad am y perygl, sydd ddim ond rhyw ugain llath i ffwrdd. Mae'n ymbil ar Satan i adael i'w dad fyw.

'Wyt ti'n rhoi'r goran i'r holl ddaioni 'ma?'

Gall y Mab weld ambell fflach o ewinedd y jagiwar rhwng y pawennau llydan.

'Iawn.'

A chyda hynny mae Satan yn chwifio'i law ac mae'r rhith yn diflannu fel niwl y bore.

'Tric?' gofynna'r Mab.

'I ti roedd yn real. Felly, ie a na. Ond rwyt ti'n frawd i mi nawr. Dyma dy deyrnas newydd.'

Mae'n pwyntio'i fys, ac mae'r goleuadau traffig ar y Strip ac ar Frank Sinatra Drive a Flamingo Road i gyd yn troi'n goch, a'r Mab yn gweld y gwestai crand, sydd nawr yn eiddo iddo – The New Tropicana, The Signature at MGM Grand, The Venetian, Caesars Palace a'r Mirage – ac yn gwybod nad yw noson gyfan yn un o'r rhain yn werth eiliad yn y nefoedd.

Ar ôl Martini sych, gydag olewydden, i ddathlu, mae Satan yn sylweddoli ei fod wedi ennill rhywbeth gwerth chweil. Mae'n troi at y bar, sy'n disgleirio fel deiamwntau.

'Another one, buddy, and keep them coming. This really is one hell of a lucky night.'

Mamaliaid ganol nos

RHAFFU CELWYDDAU? FE, Terry Preece, Car-werthwr y Flwyddyn yng ngarej AAA Motors am y naw mlynedd diwethaf (byddai wedi ennill ddeg gwaith heblaw am ei opyreshyn i ailblymio'i berfeddion, o ganlyniad i'w ddeiet o gig coch), oedd y boi wnaeth agor y ffatri raffau er mwyn gwneud yn siŵr bod digon o raff i'w rhaffu nhw i gyd. Terry oedd y celwyddgi mwyaf, y palwr celwyddau mwyaf diwyd yr ochr yma i'r Iwerydd, yn gymaint o giamstar ar wneud stwff lan fel ei fod yn agos at greu tacsonomi llawn. Celwydd golau, bach, cynhwysfawr, digywilydd, niweidiol, a chelwyddau gyda digon o ddychymyg i ennill gwobr Man Booker. Ond roedd y celwydd diweddaraf wedi mynd yn wyllt, heb ffordd i'w ffrwyno, na thynnu'r geiriau'n ôl. Ac roedd fel tase'r celwyddau wedi dechrau bwydo ar ei gilydd, canibaleiddio a gloddesta a phoeri un mas er mwyn gwneud lle i'r un nesaf ddechrau bwyta a blodeuo'n rhemp.

Dyma beth ddigwyddodd.

Gwerthodd Terry gar i gwsmer o'r enw Ford Matthews, ac er fod Terry bron â marw eisiau dweud rhywbeth fel 'Peth da nad Mr Fiesta oedd enw dy dad...' llwyddodd i atal ei hunan, gan dybio bod rhywun â'r enw Ford oedd yn dod i iard arddangos ceir siŵr o fod wedi clywed gag debyg fwy nag unwaith. Ac wrth iddo drafod cryfderau'r car, dyma Terry'n cynnig disgrifiad manwl o'r perchennog diwethaf, ac oherwydd ei bod hi'n dechrau tywyllu, a'r garej ar fin cau, teimlodd yr awydd i sicrhau'r sêl, a dyma fe'n dweud...

'Ro'n i'n nabod y boi oedd yn berchen y car. Dyn wedi ymddeol oedd e, yn cyfnewid ei hen gar am un newydd bob tair blynedd ac roedd e'n un i ofalu'n dda am ei geir, yn un o'r bobl 'na oedd yn mynd i'r *car wash* yn wythnosol ac yn dewis *full valet* bob tro. Diawcs, roedd 'na sglein ar ei gar e, a dim ond 18,000 o filltiroedd ar y cloc. Chi'n gwbod, Mr Matthews, allen i werthu'r car 'ma ddeg gwaith drosodd fory.'

Gwelodd Terry ei gyfaill Malcolm yn paratoi i adael y gwaith am y dydd. Gwyddai fod yn rhaid clinsio'r ddêl yn reit sydyn, felly dyma fe'n dweud, gyda'i lygaid chwarae pôcyr gorau:

'Roedd y boi wedi cael lwc dda ers ei brynu. Cwrddodd e â menyw bert yn yr wythnos gyntaf a nawr maen nhw'n mynd i briodi. Ac mae e wedi ennill y Loteri. Am lwc! Dros filiwn a hanner! 'Na pam oedd e'n gwerthu'r car, er mwyn prynu Mercedes Benz S-Class W221. Felly gwerthodd e'r hen gar i ni am dipyn llai na dalodd e amdano fe, a dyna pam ry'n ni'n medru'i werthu fe i rywun fel chi, Mr Matthews, am lot llai na fyddech chi'n disgwyl ei dalu. Mae deg mil yn fargen a hanner.'

'Beth? Yr holl lwc 'na oherwydd y car! Sut yn union wnaeth y car helpu fe ffindo gwraig ac ennill y Loteri?'

Edrychodd Terry o gwmpas y rhesi hir o geir ail-law yn sgleinio yn y glaw mân, er mwyn cael ennyd i feddwl, i ddyfeisio ateb fyddai'n swnio'n dderbyniol, oherwydd teimlai fod y frithyllen ar fin cymryd y gleren. Cleren gwerth deng mil.

'Roedd e newydd adael y garej… mis Awst oedd hi… pan oedd 'na ddamwain, rhyw ganllath o'r goleuadau traffig 'na welwch chi yn y pellter… Chi'n eu gweld nhw… ar bwys yr hen ffatri sigârs? Wel, roedd y fenyw 'ma wedi bod yn siarad ar ei ffôn ac wedi ffaelu gweld y car wedi stopio o'i blaen… stopio wrth y golau coch, cofiwch… A dyma fe'n awgrymu y dylsen nhw gyfnewid manylion yswiriant dros goffi bach yn y caffi gyferbyn â ble ddigwyddodd y ddamwain ac, wel, arweiniodd un peth at y llall. Arhoson nhw yn y caffi i gael brechdan, wedyn mwy o siarad, mwy o goffi, a darganfod bod y ddau'n hoff iawn o fiwsig John Coltrane a bwyd Indiaidd a slumod. Wel, y peth nesa, roedd e wedi dweud wrthi am anghofio'r difrod i'w gar ac yn awgrymu y byddai hi'n mwynhau mynd lawr i ryw ogof roedd e'n gwybod amdani, y tu ôl i Fynydd y Garth yn rhywle.'

''Na chi *chat-up line* dda!'

'Natterer's… 'na beth wedodd e, mae'n debyg. Licech chi ddod i weld yr ogof 'ma gyda Natterer's. Natterer's bats, chi'n gweld. O'dd yr ogof 'ma'n llawn slumod… slumod Natterer.'

'Alla i weld sut mae'r stori 'ma'n troi mas. Aethon nhw draw i'r ogof?'

'Do, aethon nhw draw, ac ar ôl gweld y slumod wnaeth

e ofyn iddi ei briodi fe, a do'n nhw ond wedi nabod ei gilydd ers wythnos.'

'Felly beth am yr arian? Sut gafodd e'r arian?'

'O, yr arian, mae hynny'n lot llai o stori. Wnaeth e gymryd rhif y car ac iwso hwnnw i ddewis rhifau Loteri.'

'Wel, bydden i'n dwp i *beidio* prynu'r car 'te!'

'Cytuno'n llwyr. Dewch i'r swyddfa i neud y gwaith papur.'

Byddai pethau wedi mynd yn berffaith oni bai am gwestiwn syml Mr Matthews jyst cyn iddo adael y garej.

'Ble'n union mae'r ogof 'ma? Mae fy mab yn dwlu ar slumod.'

Petai Terry wedi stopio rhaffu yn fan'na fyddai pethau ddim wedi troi mas fel wnaethon nhw. Byddai pethau wedi bod yn ocê. Ond oherwydd bod Terry wastad yn dweud celwydd (faint o beints oedd e wedi'u hyfed dros y Sul, faint oedd e wedi gwario ar ddodrefn newydd yr ystafell fwyta, ei fod e'n perthyn i Alex Ferguson, ei fod e wedi dringo pob mynydd yn yr Alban dros dair mil o droedfeddi, wedi bod yn y Foreign Legion…), wel, chi'n gwybod, celwyddgi patholegol, dywedodd,

'Wel, nid ogof yn union ond adit hen waith glo, o gyfeiriad Taff's Well, mae'n debyg.'

'Wel, a' i â'r bachgen draw 'na wythnos nesa. Mae'n ben-blwydd arno ac ma 'da fe un o'r pethau 'na chi'n iwso i ddilyn slumod o gwmpas, rhyw fath o declyn, chi'n gwbod.'

A dyna ni. Byddai wedi bod yn ddiwrnod llwyddiannus oni bai am yr hyn glywodd Terry ar Real Radio wrth yrru adref. Roedd yn disgwyl y canlyniadau pêl-droed pan glywodd un o'r eitemau newyddion yn sôn bod deddf newydd yn dod i rym a olygai y gallai unrhyw un oedd yn gwerthu drwy dwyll fynd i'r carchar am hyd at ugain mlynedd, a wynebu dirwy o hyd at filiwn o bunnoedd. Cafodd lond bol o ofn. Llond bol.

Fflachiodd holl gelwyddau'r prynhawn yn ôl i'w ben, fel cartŵn, lle mae'r blaidd yn carlamu ar ôl y gwningen. Roedd Ford Bechingalw'n mynd â'r bachgen i weld y slumod. Wythnos nesa! Byddai'r slumod yn chwalu popeth. Byddai'r diffyg slumod yn y blydi adit, oedd ddim yn bodoli, yn dod â'r holl blydi siboleth i'r llawr.

Ffoniodd ei wraig, Petula, yna ffoniodd ei ffrind, Jackie, ac anelodd y car tuag at y Blank Nag i drafod pethau gyda Jackie, oedd yn ddyn ar gyfer argyfwng, ac wedi cael Terry allan o sawl picil yn y gorffennol. Fel y tro 'na ddywedodd e wrth Pet ei fod e'n gweithio bant ond mewn gwirionedd roedd e wedi penderfynu treulio wythnos gyfan yn ymweld â gwahanol *massage parlours* Bae Caerdydd – Andromedas, Men Only a'r Polyn Mawr (oedd yn dal mewn busnes oherwydd prifathrawon ysgolion Cymraeg, am eu bod nhw'n lico VIP *rub-down* yn eu mamiaith). Ond aeth y Polyn ar dân, gan adael Terry yn sefyll ar y stryd, nesaf i'r injan dân, yn gwisgo dim byd mwy na thywel. Roedd Jackie wedi cyrraedd o fewn ugain munud, gyda thracsiwt oedd dri maint yn rhy fach iddo, ond o leia roedd e'n rhywbeth i'w wisgo i fynd i brynu dillad newydd. Pan ofynnodd Pet pam roedd e'n edrych mor smart atebodd Terry'n syth ei fod e wedi ennill gwobr Gwerthwr Car y Flwyddyn ac eisiau adlewyrchu'r anrhydedd honno yn ei wisg. Llwyddodd i gael cwmni lawr yn Splott i ysgythru ei enw ar gwpan mawr arian, a rhoddodd Pet y cwpan mewn lle haeddiannol, amlwg, ar y silff ben tân.

'Ti eisiau neud beth?!' gofynnodd Jackie yn y Blank Nag, bron â thagu ar ei WKD Blue.

'Llenwi ogof lan sha Taff's Well gyda slumod. Erbyn wythnos nesa. Neu *game's up, game's ovor, pal.*'

Ac yna'n araf, mewn ffordd oedd bron yn fforensig, dyma Terry'n datgymalu'r gadwyn hir o gelwyddau, yn eu gosod o flaen Jackie un wrth un, gan esbonio ei ofnau.

'Ond pam ti'n becso gymaint tro 'ma, a tithau wedi bod yn gweud celwyddau'n ddi-stop ers i fi dy nabod di, nes bod dim syniad 'da ti beth sy'n wir a beth sydd ddim? Pam ti wedi cael llond bola o ofn nawr?'

'Rhyw deimlad yng ngwaelod fy stumog, rhywbeth dwfn a dwys, fel bod rhywun wedi hala neges i fi, neges gan y duwiau, neu ffawd neu rywbeth.'

'Iesgern bost. Paid yfed rhagor. Ti wedi cael digon.'

'Nid y cwrw sy'n siarad, ond fi. Mae'n rhaid i fi brynu slumod.'

'Ti ddim jyst yn gallu prynu slumod gwyllt, 'chan! Sneb yn gwerthu slumod gwyllt, 'chan. Bydd rhaid eu cael nhw o rywle arall a'u trawsblannu nhw.'

Chwarddodd Terry gan gynhyrchu sŵn llawn, aeddfed.

'Beth sy'n bod arnot ti nawr, Terry? Un funud ti'n llawn ofn a nawr ti'n blydi chwerthin. Beth sy'n mynd mlân, w?'

'Ni'n dou'n eistedd fan hyn yn snỳg y Blank Nag yn

trafod sut i symud llwyth o slumod i adit hen waith glo. David blydi Attenboroughs!'

'Beth ti eisiau i fi neud, 'te, Terry?'

'Dim blydi clem. Mynna beint i ti dy hunan a gallwn ni weitho mas shwt ddiawl dwi'n mynd i gael gafael mewn llond ogof o bats…'

Natterer's bat. *Myotis nattereri*. Ystlum canolig o ran maint sy'n fforio o gwmpas coed a thyfiant uchel, yn pigo pryfed oddi ar wyneb y dail. Yn ystod yr haf tuedda i glwydo o gwmpas adeiladau â thrawstiau pren. Gan amlaf mae'n bwyta clêr bach, gwyfynod, pryfed gwellt, chwilod a phryfed cop.

Ddeuddydd yn ddiweddarch, mae Jackie'n eistedd mewn car mewn ardal ddeiliog o Fryste, nid nepell o bont grog Clifton, ac wrth iddo aros fan'na gyda'i gwpan papur o goffi o McDonalds mae'n ymdebygu i dditectif preifat. Sylla fel boncath yn gwylio twll cwningen wrth i'r plant ysgol gerdded heibio, pob un yn siarad ac yn gwenu, a'r penwythnos yn addo ei bleserau. Ar y sedd nesaf ato mae ffotograff o'r bachgen mae'n chwilio amdano, wedi ei gymryd oddi ar dudalen Facebook. Hefyd mae 'na gamera, ac mae'n gwybod ei fod yn gorfod tynnu'r llun ar yr union eiliad pan mae'r bachgen yn cerdded heibio'r postyn lamp lle mae wedi gludo'r ddelwedd o ystlum. O, dyna fe, yn ei flesyr ysgol, bachgen pymtheg mlwydd oed gyda sioc o wallt lliw gwellt, ac mae

Jackie'n codi'r camera'n ofalus iawn, gan wneud yn siŵr nad oes rhywun yn ei weld, a meddwl ei fod yn *perv* ac yn ffonio'r cops. Mae e am fod mor ofalus â phawen cath yn paratoi i dasgu i ddal llygoden. Pump. Pedwar. Tri. Dau. Un. Dal y llun. Cerdda'r bachgen heibio heb sylweddoli arwyddocâd y ddelwedd y tu ôl i'w ben, gan holi ei ffrind Richard beth mae e'n mynd i'w wisgo i barti Annabel nos Sadwrn.

Mae Jackie'n stopio'r car ger pont grog Clifton, ac yn hala'r llun i Terry, sydd hefyd wedi cyrraedd Bryste ac ar ei ffordd i gwrdd â'r arbenigwr pennaf ar slumod yn y Deyrnas Unedig, i ofyn am ei help − gan wybod na fydd ganddo ddewis pan welith e'r ddelwedd o'i fab, gyda'r ystlum y tu ôl i'w ben.

Pan agorodd Dr William Mace ei ddrws ffrynt, gan ddisgwyl gweld un o Dystion Jehofa yno, neu'r dyn Waitrose, cafodd sioc i weld dyn mewn gwisg Batman yn gofyn, na, yn *gorchymyn* iddo ei adael i fewn i'r tŷ. Roedd rhywbeth am y llais a wnaeth iddo wneud hynny heb ddadlau.

Eisteddodd Terry yn y stydi, yn edrych yn stiwpid, wrth gwrs, yn y wisg Batman, a dyma fe'n esbonio, mewn acen Gymreig, ei fod angen help i ddod o hyd i goloni o slumod Natterer a'u trawsblannu dros dro i ogof arall. Esboniodd Dr Mace fod hynny'n anghyfreithlon ac y byddai bron yn amhosib trosglwyddo'r slumod yn y gaeaf o un lle i'r llall heb eu dihuno, ac y byddai hynny'n niweidiol os nad yn angheuol. Hefyd roeddent yn gaeafgysgu'n ddwfn mewn ogofâu. Am y rhesymau hynny, gwrthododd helpu, yn blwmp ac yn blaen, nes i Batman ddangos y llun o'i fab, Justin, iddo.

'You haven't harmed him…' udodd Dr Mace.

'No, but we know how to get to him, and, let me be candid, Dr Mace, we are desperate men, and desperate men can't account for their actions. They'll go to any extremes. *We* will go to any extreme. Is that clear?'

'What do you want me to do?' Eisteddodd y doctor yn llipa ar y *chaise longue*.

Roedd un peth nad oedd Dr Mace wedi ei esbonio, sef bod y Natterer, neu o leia'r benywod, yn ymgasglu mewn clwydfannau magu yr amser hyn o'r flwyddyn, ac felly roedd hi'n bosib dod o hyd i nifer o anifeiliaid ar y tro, hyd at ddeugain mewn ambell le. Ond roedd y slumod yn dueddol o symud y coloni bob hyn a hyn ac felly roedd unrhyw wybodaeth am y fath nythfa yn wybodaeth dros dro yn unig.

Edrychodd Jackie ar Terry a Terry ar Jackie. Gwyddent fod angen iddynt guddio eu hwynebau, ond roedd y penderfyniad i wisgo'r gwisgoedd ffansi yma'n dechrau teimlo'n annoeth iawn, wrth iddynt chwysu chwartiau, a chan wybod y byddai'n rhaid dringo lawr i ogof ar ddiwedd y daith gerdded, oedd yn dechrau teimlo fel iomp milwrol.

Roedd yn ddu fel y fagddu, fel huddug, fel bola-blydi-buwch yn y twnnel lle roedd Jackie a Terry yn gwasgu drwy dwll bach – profiad oedd yn gwneud i Jackie ochneidio'n ddwfn ac yn awgrymu i'w gyfaill ei fod yn gwybod nawr sut roedd past dannedd yn teimlo mewn tiwb.

Doedd Dr Mace ddim am ddefnyddio golau, ac oherwydd hynny teimlai pob peth yn hirach, yn ddyfnach ac yn sicr yn dywyllach. Pesychodd Terry'n uchel (doedd e ddim wedi cael sigarét ers teirawr) ond ymbiliodd Dr Mace arno i beidio gwneud sŵn. Dechreuodd y twnnel grebachu, a'r dŵr dan draed yn sugno drwy esgidiau cwbl anaddas ar gyfer yr amgylchiadau tanddaearol. Ond wedyn, pwy fyddai'n meddwl gofyn a oedd pâr o esgidiau newydd yn addas ar gyfer pot-holio? Dododd Terry ei law dros ei geg i atal pesychiad arall. Oedd y slumod yn byw mor bell i lawr? Ond doedd e ddim wedi sylweddoli eu bod wedi dechrau codi'n raddol, a'u bod o fewn ychydig lathenni i'r slumod, oedd yn hongian yn dawel, mewn clwstwr o ffwr, eu clustiau hir fel antenae yn hongian oddi ar y penglogau bychain.

Dyma Dr Mace yn tynnu rhwyd denau o'i fag, a'i gosod rhwng dau bolyn a adeiladodd o chwe darn o bren ysgafn. Rhedai llinynnau bach ar draws y rhwyd, felly byddai unrhyw beth fyddai'n hedfan i'r rhwyd yn cael ei ddal mewn pocedi bach. Wedi gosod y wal anweladwy o neilon du, aeth Dr Mace i eistedd ar garreg gerllaw. Wrth i'r dydd ddirwyn i ben byddai'r slumod yn newynu, yn codi a gadael y nythfa, yn awchu am gael hedfan yn rhydd.

Ddwy awr yn ddiweddarach roedd dau ddeg un ystlum yn ddiogel mewn bagiau bach cynfas, a Dr Mace yn eu cario wedi eu clipio i bolyn. Mynnodd fod y dynion yn symud yn gyflym, oherwydd roedd rhai o'r slumod yn feichiog, a phob un yn newynog, a byddai'r dryswch o gael eu symud, ynghyd â'r ofn o gael eu dal, yn medru bod yn drech na nhw.

Roedd y lleuad yn taenu golau hufennog ar lethrau eithinog y mynydd wrth i'r tri dyn stryffaglu i lawr tuag at geg yr adit, gan geisio cadw'r bagiau yn wastad ac yn dawel. Doedd Dr Mace ddim yn fodlon defnyddio mwy o olau na'r dortsh Maglite yn ei law, i gadw'r slumod yn dawel ac i osgoi denu sylw digroeso wrth groesi'r tir corsiog. I dorri'r gyfraith.

Defnyddiodd Terry'r torwyr metel diwydiannol roedd wedi eu dwyn o'r stordy yn y gwaith er mwyn mynd i mewn i'r adit. Caewyd y pwll glo hanner canrif yn ôl ond roedd yn dal i arllwys dŵr gwenwynig, coch i'r afon, ac roedd haenau cymhleth o weiren bigog yn cadw pobl allan. Ond yna, roedd y tri ohonyn nhw i fewn, a Terry a Jackie yn teimlo eu ffordd ar hyd y welydd gwlyb, fel dynion dall yn casglu mwswg. O fewn deng munud roeddent wedi cyrraedd man oedd yn edrych yn dderbyniol, ac fe osodon nhw bump o slumod mewn caets plastig ar lethr uwch eu pennau. Rhain fyddai'n denu'r lleill yn ôl ar ôl hedfan yn rhydd a bwydo. Yna, yn eu tro, byddai'r slumod yn y caets yn cael eu rhyddhau.

Agorodd Dr Mace y bagiau fesul un, ac ysgwyd y creaduriaid mas yn dawel ac yn dyner. Diflannodd pob un yn syth ar hyd y twnnel ac allan i'r nos, i loddesta ar wyfynod ar ôl eu taith hir o Loegr i Gymru. Dywedodd Dr Mace y byddai angen mynd ymhellach i lawr y twnnel, er mwyn rhoi rhyddid i'r slumod fynd a dod. Teimlai fod siawns dda y gallai'r arbrawf weithio, a bod y gymuned yn mynd i drawsblannu'n llwyddiannus o'r naill le i'r llall.

Disgynnodd y tri i lawr i hen lefel, lle gweithiwyd y ffas am y tro olaf, a gallai Terry dyngu ei fod yn clywed lleisiau, adleisiau'r gweithwyr fu'n llafurio yma yn y düwch.

Awr.

Dwy awr.

Teirawr, a dyma Dr Mace yn dweud y byddai'n dringo i ryddhau'r slumod eraill.

Wrth iddo wneud hynny, tynnodd Terry a Jackie eu mygydau i ffwrdd, a byddai Jackie wedi tanio sigarét oni bai i Terry weiddi arno'n fygythiol,

'Iesgern, allet ti'n hwthu ni lan, 'chan! Nag wyt ti wedi clywed am methan, am y damweiniau dan ddaear a chwythu popeth yn yfflon?'

'O, wrth gwrs, ti'n arbenigwr ar bob peth dan haul. Fel… sut i gael y ddau ohonon ni i'r picil mwya stiwpid erio'd. Achos bod ti ffaelu stopid rhaffu celwyddau mor ddigywilydd, dyma ni yn y tywyllwch, wedi'n gwisgo fel idiots, ac yn gob'itho y bydd coloni o bats yn ailsefydlu fel y galli di gael dy hunan mas o dwll. Tra bo ni *yn* y twll. Fi wedi cael digon, Terry. Fi *wedi* cael digon.'

Nid ynganwyd yr un gair gan y ddau wrth iddynt gerdded at y doctor, oedd yn rhoi ei rycsac ar ei gefn ac yn paratoi i adael.

'There we are,' meddai wrth y ddau. 'I trust you won't be troubling me or my family any more.'

'Your work is done,' atebodd Terry, oedd yn dal i gorddi

oherwydd geiriau hallt ei ffrind, neu ei gyn-ffrind oni bai ei fod yn ymddiheuro cyn blydi hir.

Ysgydwodd law Dr Mace, a rhoi allweddi ei gar yn ôl iddo.

'They're lovely wee beasts,' meddai Terry wrth i'r doctor gamu i'r car.

Dros y Sul ffoniodd Terry ei gwsmer, Mr Matthews, i weld pryd yn union roedd ei fab yn dathlu ei ben-blwydd, gan smalio fod y garej yn mynd i roi anrheg arbennig i'r crwt. Yn ystod y sgwrs fer llwyddodd i fod yn ddigon cyfrwys i ofyn a oedd yn fwriad ganddo fynd i weld y slumod, a dywedodd Mr Matthews ei fod yn mynd â Mark lawr nos Fercher, a'i fod e'n syrpréis mawr. Diolchodd Mr Matthews iddo am ffonio, ac wrth roi'r ffôn yn ôl yn dwt yn ei gawell rhyfeddodd fod garej yn cynnig y fath wasanaeth personol *ar ôl* gwerthu car.

Ar ôl i bawb adael y parti pen-blwydd yn y tŷ dyma Mr Matthews yn gofyn i'w fab, Mark, a oedd digon o egni ganddo i fynd am dro yn y car. Esboniodd e ddim yn union beth oedd ei fwriad, na bod ganddo anrheg arbennig ym mŵt y car. Prynodd y teclyn ar e-Bay, y Mazarti XBBII, oedd yn addo cyfieithu signalau *echolocation ultrasound* i donfeddi y gallai dyn eu clywed, gan fod rhai slumod yn cael eu llyncu gan yr aer. Dododd y baglau ar y sedd gefn wrth i'w fab hercian i'r sedd flaen.

Doedd yr un o'r ddau'n ymwybodol bod Terry'n cuddio

mewn llwyn gerllaw wrth iddynt dynnu mewn i'r buarth, ac erbyn hyn roedd Mark ar dân eisiau gwybod pam roedd ei dad wedi dod â nhw i'r lle 'ma, a hithau'n nosi'n gyflym.

Pan welodd Terry'r baglau daeth deigryn i'w lygad.

Pan welodd Mark y teclyn a sylweddoli bod ei dad wedi dod ag e i dracio slumod daeth dagrau i'w lygaid yntau.

A phan welodd y slumod yn nyddu drwy'r awyr, eu hadenydd fel gwe sidan, yn swpera ar wyfynod, ac yna clywed eu trydar trydanol, roedd yn un o'r profiadau hapusaf ym mywyd y crwt. Rhyfeddai at ieithwedd y mamaliaid bach, y ffyrdd cymhleth, amrywiol roeddent yn cyfathrebu â'i gilydd. Dotiodd yn gyfan gwbl ar y modd y gallai glustfeinio ar eu sgwrs dros ginio, wrth iddynt droelli a nyddu uwch eu pennau.

Yno, yn ei gwrcwd yn y berth, yn nodi'r diléit a ddawnsiai ar wynebau'r ddau, teimlai Terry ei fod wedi gwneud rhywbeth da o'r diwedd. Trwy ddamwain, roedd e wedi creu anrheg ben-blwydd fythgofiadwy ar gyfer bachgen cloff oedd yn dotio ar fywyd gwyllt.

Ac yno, yn y llwyn, penderfynodd Terry y byddai'n dweud y gwir o hynny ymlaen. Oherwydd hynny, ni allai weithio yn y garej, lle roedd eu rhaffu nhw yn ffordd o fyw. Ie, byddai'n rhaid iddo newid cwrs ei fywyd, mynd i weithio'n fflipo byrgyrs falle, neu fel barista'n gwneud coffi, neu ddosbarthu'r post.

Uwch ei ben trodd un ystlum fach mewn cylch tyn, yn cynhyrchu caligraffi anweledig o inc y nos. Trodd eto, mewn sbeiral tynnach fyth, cyn diflannu i'r düwch, y mab yn gwrando ar ei sgrech dawel wrth i'r mamal bach droi'n heliwr craff eto. Craffodd y tad i weld ei fab wrth i'r golau edwino i ddim, i weld y wên, i weld y llygaid yn pefrio, tra bod y slumod yn nyddu'r nos yn gwilt, eu dannedd siarp yn fflachio megis nodwyddau bychain bach i racsio'r gwyll yn ddarnau mân.

Gwerth geiriau

YN Y DECHREUAD yr oedd y 'Brody', sef gwerth ariannol oedd yn gyfystyr â phob gair. Yr ieithydd o Brifysgol Yale, Hubert Brody, wnaeth ddyfeisio'r peth, oherwydd ei fod yn poeni ynglŷn â dibrisio'r gair, gyda phob math o 'awdur' yn sgrifennu rwtsh ar ffurf blog a rhai'n gofyn i awduron sgrifennu rhywbeth am y nesaf peth i ddim. Fyddech chi'n gofyn i rywun ddod i wneud gwaith plymio am ddim? Ond roedd y Brody wedi gweithio, gan roi gwerth i bob ansoddair, berf a bechingalw.

Un Brody yn gyfwerth â deg ceiniog. Felly, mae'r hyn rydych chi wedi'i ddarllen ar y dudalen hon yn werth £12.50 hyd yma.

Neu awr o waith caled yn eich gardd.

Neu englyn ar eich pen-blwydd.

Bargen.

Y Dean ei hun

AMBELL DRO, A'R haul yn dechrau suddo'n dawel fel tanjerîn, yn ymsuddo i fynyddoedd San Gabriel, byddai'r actor ifanc adnabyddus yn mwynhau mynd i un o'r llefydd bwyta ar y Strip – rhywle cyffredin fel Mel's Diner, neu rywle mwy dethol a soffistigedig megis Marsano's – a cherdded i mewn heb rybudd er mwyn gweld yr ymateb ar wynebau'r cwsmeriaid. Ai James Dean sydd newydd gerdded mewn drwy'r drws? Dyna'r math o siaced ledr a wisgai. Dyna'r fflic o wallt. Y cerddediad hunanhyderus. Y jîns tyn. Yr ên gref. Yr egni trydanol yn craclo wrth iddo browlio at ei sedd, fel arth, neu lewpart, neu jagiwar. Ie, jagiwar, creadur y nos, anifail peryglus. Ond y wên fel heulwen.

Ac ar ôl ei adnabod fyddai pobl ddim yn gwybod beth i'w wneud, ddim yn deall yr *etiquette* perthnasol pan mae un o sêr disgleiriaf y sgrin fawr yn cerdded i fewn, yn eistedd ac yn gofyn am hambyrgyr a *shake*. Prin fod rhai'n medru edrych arno, tra bod eraill yn defnyddio'u bwydlenni i guddio'r ffaith eu bod yn ei astudio o bell, yn bwydo arno, yn ei ddadwisgo, a'i addoli, a'i fwynhau.

Ambell dro byddai merch yn gofyn iddo am ei lofnod, a byddai'n cael chydig bach o hwyl. Ond fyddai Dean ddim yn gwneud iddi gochi gormod cyn estyn bwydlen iddi, torri ei enw ar y cefn a rhoi tri cusan baróc dan ei lofnod mawr – llofnod dyn yn ei lawnder – gan ddefnyddio'r ysgrifbin fel rhywun yn ymladd â chleddyf, yn torri drwy'r awyr, yn gwneud sioe.

A phan fyddai'r byrgyr yn cyrraedd, byddai'n wincio ar y fenyw oedd yn gweini a byddai ambell un yn toddi o'i flaen, ie, yn toddi dan effaith y llygaid clir, y rhai a edrychai'n ddwfn i'ch enaid, wrth iddo sipian y *shake*. Byddai James Dean yn mwynhau mynd am dripiau felly, nid am ei fod yn hunanbwysig, yn egoist, ond oherwydd ei fod yn ddyn ifanc, ac mae dynion ifanc yn pesgi ar sylw.

Nid oedd actio'n anodd iddo. Roedd un o'r hen stejyrs wedi cynnig un frawddeg syml o gyngor, sef 'Dysgwch eich llinellau, a pheidiwch â cherdded mewn i'r dodrefn ar y set.' Nid bod fawr o ddodrefn yn ei ffilm ddiweddaraf, ac yntau'n chwarae cymeriad Jim Stark, nad oedd yn annhebyg iddo fe ei hun. Dyn ifanc, cymhleth, oedd mewn trwbwl gyda'r cops ar ddechrau'r ffilm, oherwydd problemau yfed. Deuai Jim o deulu rhwygedig ond heb ei rwygo'n gyfan gwbl, ei dad yn ymladd â'i fam, a'i dad wastad yn colli, a Jim yn cael ei siomi'n ofnadwy gan wendid ei dad, gan y diffyg asgwrn cefn, y methiant i fod yn ddyn go iawn a sefyll yn gadarn, yn syth.

Yn hyn o beth roedd y cymeriad yn wahanol i dad James: ffarmwr a wnaeth arallgyfeirio i fod yn dechnegydd deintyddol oedd hwnnw. Tra bod gan James barch aruthrol at ei dad, roedd yn *caru* ei fam yn llwyr, a theimlai taw hi oedd yr unig berson yn y byd mawr crwn oedd yn ei ddeall yn iawn. Roedd hynny'n esbonio maint yr adenydd trasiedi a daflodd gysgod du dros fywyd James ar ôl iddi farw o gancr, ac yntau'n naw mlwydd oed. Gwywodd ei dad, ei benglog fel hen ffrwyth ffigys yn hongian oddi ar freichiau sgerbydol. Collodd ddiddordeb yn ei fab, mewn bwyta ac, yn y pen draw, mewn byw, gan ddymuno dim byd ond dilyn Mildred drwy byrth arian yr arall fyd.

Esbonia hyn pam roedd James mor, wel, unigolyddol, yn ei siaced ledr, a'r gwynt o'r Sierras yn chwythu'n gynnes drwy ei wallt wrth iddo yrru ei foto-beic ar draws diffeithwch de Califfornia, saethu drwy Salinas, pwmpio'r gas yn Pahrump, hedfan yn wyllt drwy Hesperia, tasgu drwy Twentynine Palms, fflio drwy Fort Mohave, troi ar nicel yn Tehachapi... yr haul yn llosgi'r cysgodion, y cactys oesol yn britho cragen doredig y tir, ei wefusau'n cracio yn y gwres, a'r injan yn rhuo'n osgeiddig.

Ar ôl dyddiau o sefyll o gwmpas ar y set, yn ailadrodd ac yn parota'r un hen linellau, roedd teimlad o ryddhad yn y gyrru gwyllt, a gofod a mawredd digamsyniol tir mawr America, y gwastadeddau llychlyd unig, y *pompellos* yn tyfu'n glympiau cyntefig, y nadredd rhuglo'n troi'n ffluwch o waed dan y teiars wrth iddo fynd ymlaen. Ymlaen ac ymlaen ac ymlaen.

Un prynhawn, ar ôl diwrnod llethol dan oleuadau'r stiwdio, a'r fenyw coluro yn gorfod gosod powdwr ar wynebau'r actorion bob whip-stitsh, penderfynodd James Dean fynd am ginio i Barolli's. Ond pan ffoniodd ei PA, cafodd drafferth cael bwrdd iddo, er fod Mr Dean yn gwsmer ffyddlon. Bu'n rhaid iddo ddadlau gyda'r *maître d'* am ddeng munud, ac yntau'n dadlau bod Mr Dean yno'n barod, yn eistedd wrth ei fwrdd arferol ac yn cael stecen las a salad gwyrdd a margarita – halen heb iâ – fel y byddai bob tro. Yn y pen draw, cytunodd i gadw bwrdd ar gyfer hanner awr wedi saith, gan roi amser i'r actor ifanc gael cawod a chael un o geir y stiwdio i'w hebrwng draw. Ar y ffordd allan o'r set llwyddodd i berswadio criw o'i gyd-actorion i ddod hefyd, gan addo y byddai digon o le ar ei fwrdd arferol i wyth os byddai raid.

Pan gyrhaeddodd y lle bwyta roedd wyneb y *maître d'* fel gwyngalch o syndod, fel rhywun oedd newydd cael cipolwg ar ei farwolaeth ef ei hun.

'Mae'n hyfryd eich gweld chi eto, syr, am yr ail waith mewn noson. Rhaid bod actio'n waith newynog iawn, os ga i fentro sylw mor hy.'

Edrychodd James Dean yn syn ar y dyn, gan esbonio ei fod wedi bod ar y set ers wyth y bore, a newydd orffen. Allai'r *maître d'* ddim ond syllu arno'n gegrwth gan wybod nad oedd gwerth dadlau, nid ei le oedd dadlau gyda chwsmer ond, yn hytrach, ateb unrhyw ofynion, ta pa mor rhyfedd fyddai'r rheini. Roedd wedi croesawu ambell gwsmer digon rhyfedd fel Greta Garbo, John Wayne – wnaeth ofyn am fwyd i'r palomino oedd y tu allan – a hyd yn oed Charlie Chaplin pan oedd yn mynd drwy gyfnod digon ffwndrus. Roedd wedi hen arfer ag ymddygiad egsentrig, pobl feddw, neu sêr y sgrin yn camfihafio, nes ei fod yn gorfod ystyried ffonio'r cops. Eto, cofiai ei le, a'r ffaith syml eu bod yn denu sêr yno am fod sêr yn cael gwneud beth fynnent yn y lle.

Ond gallai dyngu bod Mr Dean wedi bod yno'n barod y noson honno, ac allai e ddim credu y gallai fwyta stecen arall. Roedd hyd yn oed John Wayne wedi ceisio gwneud y dwbl ac wedi methu ar y gegiad olaf ond un.

Yn nes ymlaen aeth James i'r Beach Bar yn Malibu, un o'i hoff lefydd dan haul. Yno, ambell waith, medrai weld ei fam ar waelod y gwydr ar ôl yfed pedwar neu bump glasied, ac yna byddai'n gorfod cael un arall er mwyn ei gweld hi drachefn. Teimlai ei cholli i'r byw, hyd yn oed ar ôl yr holl flynyddoedd, ond gwyddai nad oedd e'n medru gwneud mwy na'i dychmygu, gan fwydo ar y delweddau a gasglodd yn ei ben, crynodeb o'r hen ffotograffau ohoni. Menyw â choesau fel Betty Grable a gwên ddi-ben-draw. Byddai ei fywyd wedi bod mor wahanol petai'r cancr heb ei choncro.

Efallai am ei fod wedi drysu, oherwydd y 'James Dean' arall, neu oherwydd y gwres anhymhorol, yfodd fwy nag arfer y noson honno, gan dreulio amser rhy hir yng nghwmni atgof ei fam. Bu'n rhaid arllwys James o gab am bedwar y bore ac yntau i fod i ymddangos ar y set am hanner awr wedi saith yn edrych fel arwr ifanc, fel rebel mewn siaced ledr.

Bu asiant James Dean, Marty Rabinowitz, yn chwilio'n ddiwyd drwy'r dydd am fwy o wybodaeth ynglŷn â'r James Dean *identikit*. Gwyddai fod ambell unigolyn yn smalio bod yn hwn a hwn neu hon a hon, a'i bod yn bosib eu rhentu ar gyfer digwyddiadau fel agor sinema newydd, *bar mitzvah* neu hybu rhywbeth ar y teledu. Ar wahân i'r ymweliad â Barolli's – lle roedd o leiaf ddeg person roedd Marty'n eu hadnabod wedi gweld James, a rhai ohonynt hyd yn oed wedi torri gair ag e – roedd y James arall wedi ymddangos y tu allan i'r Coliseum, yn Jimmy's ar y Strip ac yn cerdded drwy West Hollywood, oedd yn wahanol iawn i'r James go iawn oedd yn mynd bob man ar gefn y moto-beic, oni bai iddo yfed un margarita yn ormod.

Y peth rhyfedd ynglŷn â'r James Dean ffals oedd nad oedd yn gwerthu unrhyw beth masnachol. Doedd yr un o'r ddwy brif asiantaeth oedd yn delio â lwcaleics erioed wedi clywed am y James Dean ffug yma nes i Marty ffonio, a chytunent ei bod yn od iawn nad oedd y dyn wedi cyflwyno ei hun iddyn nhw os oedd e'n edrych mor debyg i'r James Dean go iawn. Ond fel yr awgrymodd Leonard Cholmondeley – un o'r ychydig Saeson oedd yn ennill bywoliaeth yn LA – efallai fod y dyn yn newydd i'r dre, wedi drifftio i fewn o rywle di-ddim fel Wichita Falls neu Neubuck, Oklahoma a taw dyma'i ffordd o hysbysebu ei hun. Ei fod wedi cyrraedd. Ymlaciodd Marty ar ôl clywed hyn, oherwydd roedd James ei hun wedi gwneud rhywbeth tebyg ar ôl cyrraedd o Marion, Indiana, heb syniad go iawn am actio, er ei fod wedi astudio theatr, a'r gyfraith, ond yn gwybod yn iawn fod ganddo wyneb fel Duw, a bod rhywbeth peryglus amdano. Dyna, efallai, oedd allweddair James. Perygl. Roedd yn beryglus ac roedd yn mwynhau perygl. I James Dean doedd dim byd gwell na mynd mewn car rasio, troi corneli, ac osgoi defnyddio'r brêcs tan y funud olaf, y teiars yn llosgi digon o fwg i wneud i gi dagu.

Doedd Marty erioed wedi cwrdd â'r Pastor James DeWeerd, a edrychai ar ôl James pan oedd yn emosiynol fregus. Fe oedd yn gyfrifol, mae'n debyg, am y diddordeb mewn ceir. Gwyddai Marty am yr ensyniadau eu bod nhw wedi bod yn gariadon. Ond gwyddai hefyd fod angen i James fod yn heterorywiol gant y cant y dyddiau yma er mwyn plesio a chadw ei gynulleidfa, felly gwell oedd tynnu llen dros y cyfnod hwn yn ei fywyd.

Yn y sinema roedd merched ifainc yn llewygu yr eiliad y deuai ei wyneb ar y sgrin, tra byddai rhai ar eu traed yn gweiddi nes boddi'r miwsig agoriadol, cyn setlo i syllu'n gegrwth ar ei wefusau ugain modfedd a'i lygaid pefriol yn llenwi'r sgrin fawr. James Dean – yr un i lenwi'ch breuddwydion! Wrth ichi gysgu, bydd yn sleifio i mewn drwy'r ffenest, ei gerddediad yn dawel fel melfed, ac yna'ch cusanu'n dyner ac yn galed yr un pryd. Ac yn y bore, bydd petalau rhosod wrth ymyl y gwely i brofi ei fod wedi galw draw. O, am ddyn golygus â llygaid caru! Petalau rhosod!

Wrth yfed ei seithfed paned o goffi cryf a smygu ei nawfed sigarét y diwrnod hwnnw, edrychodd Marty ar ffigurau incwm a gwariant James. Ers iddo ennill yr Oscar roedd y symiau'n syfrdanol. Gallai hawlio faint a fynnai am ffilm, er gwaetha'r ffaith taw dim ond tair ffilm oedd ganddo i'w enw. Ond gallai wario hefyd, y doleri'n diflannu fel dŵr. Anodd credu faint gostiodd ei gar diweddaraf, y Porsche 550 Spyder arian, un o ddim ond naw deg gafodd eu cynhyrchu yn 1955. Doedd hyd yn oed y swm aruthrol hwnnw ddim yn ddigon i James, a ofynnodd am addasiadau arbennig, gan ddilyn cyngor ei fecanydd Walter Grundwald, oedd yn mynnu y gallai'r dyn ifanc fynd yn gynt ac yn gynt, ac yn cynnig cyngor iddo er mwyn cyflawni hyn.

Dechreuodd James Dean gredu ei fod wedi darganfod brawd, po fwyaf y clywai am y dyn arall yma. Nid yn unig roedd yn edrych yn debyg, ond roedd hefyd yn gwisgo a siarad a symud yn debyg, ac roedd hynny'n ddigon i berswadio Geena Trunkle, cyn-gariad i James, ei bod hi wedi siarad ag e yn Laguna Beach, ac wedi drysu'n llwyr ar ôl cwrdd â James ei hun yn y Bristol Stores.

Efallai fod ei efaill wedi ymddangos ar ôl cael ei fabwysiadu gan ryw gwpwl o Ogledd Dakota. Os oedd yr eneteg yr un peth, yr helicsau o gromosomau'n nadreddu ac yn adlewyrchu ei gilydd, yn cyd-rubanu, gallai hynny ddigwydd. Y ddau'n dewis yr un math o siaced ledr, a'i fiawd wedi dod i Ddinas yr Angyllon i chwilio amdano. Efallai taw dyna'r rheswm ei fod yn mynd i'r union lefydd yma, ac yn cwrdd â Geena wrth iddo grwydro. Ond oni fyddai wedi bod yn haws cysylltu â'r stiwdio, neu gael rhif Marty? Eto, cofiai pa mor anodd oedd mynd heibio i sustem sgrinio'r stiwdio oedd yn anfon pob llythyr i swyddfa yn Minnesota, a phawb yn cael yr un ateb, a ffotograff o James Dean wedi ei lofnodi gan un o'r dwsin o fenywod a weithiai yn y swyddfa.

Roedd y penwythnos canlynol yn benwythnos hir, oherwydd roedd y criw'n gorfod trwsio'r set ar ôl damwain ag un o'r rigs goleuadau. Felly, awgrymodd James i Walter y byddai'n gyfle euraid i ddreifio i Vegas, neu hyd yn oed mor bell â Reno. Byddai'r Spyder yn cyrraedd brynhawn dydd Iau, ac roedd James Dean yn torri ei fol eisiau gweld pa mor gyflym allai'r car newydd dasgu ar draws yr anialwch. Byddent yn gyrru dros nos, ac roedd hyd yn oed stumog Walter – dyn na allai neb ei gyhuddo o nerfusrwydd – wedi tynhau o feddwl am James Dean yn gyrru yn y nos, yn tasgu'n wyllt drwy'r twyni tywod a'r tyfiant *agave*.

Prin bod yr is-gyfarwyddwr wedi gweiddi 'Wrap!' cyn i James Dean gusanu pob un o'i gyd-actorion a rhuthro am ei ystafell newid i nôl ei gogls gyrru, a'r got ledr i'w gadw'n dwym wrth groesi unigeddau'r nos. Bu raid i Walter druan gau ei lygaid pan oedd James yn gadael i'r injan ruo, a Walter druan, druan, er gwaethaf ei ymdrechion, ddim yn medru ffocysu ar yr hewl i weld a oeddent yn mynd i fyw ai peidio. Chwarddai James Dean, udo fel coiote dan y lloer, wrth deimlo cryndod a phŵer y car arbennig, a theimlo'r adrenalin yn cwrso drwy ei wythiennau wrth i'r Porsche fynd ar ras, ar garlam, mynd dros gant, cant a deg, cant ac ugain milltir yr awr, a Walter druan bron yn ei gwrcwd.

Ond, yn raddol, dyma James Dean yn arafu, ac yn cadw at y naw deg am weddill y daith, gan ofyn i Walter danio ambell sigarét iddo, oedd yn dasg a hanner oherwydd y gwynt yn eu gwalltiau. Wrth yrru i mewn i'r ddinas, roedd yr haul yn codi ac yn pincio'r tirlun, a nifer o bobl wedi colli pob *cent* mewn noson ddiflino o gamblo dros y byrddau *blackjack*. Edrychodd James Dean ar Walter yn cysgu'n braf wrth ei ochr, a'i adael yn y car tra'i fod yn llowcio bacwn ac wy a *grits* a sudd oren mewn lle llawn gweithwyr Mecsicanaidd, cyn dechrau meddwl am yrru adref, i weld sut byddai'r car yn delio â'r gwres llethol. Gwyddai y byddai Walter yn cwyno a checru ond, yn y pen draw, James Dean oedd yn talu ei gyflog.

Roedd yr haul yn crasu'r tirlun wrth iddynt godi sbîd wrth yrru drwy'r *mesas*, y bryniau folcanig anhygoel oedd yn nodweddu'r darn dibobl, enfawr a gwyllt yma o America, fel llaw-fer ddaearegol, yn glir ac yn ddramatig. Dyma'r

Gorllewin Gwyllt, *compadres*, gwlad y neidr ruglo a'r bwystfil Gila. Da chi, peidiwch â stopio fan hyn! Gweddïwch fod gennych ddigon o *gas* i bara'r ddau gan milltir nesaf, a digon o ddŵr a, wel, digon o ddewrder i ddilyn y blactop lawr mor bell â Mesquite, neu yma byddwch farw. Yno, unrhyw awr o'r dydd mae 'na hen ddyn a chanddo un pwmp petrol, a chwrw da Tecate yn oer fel bedd marmor, ac os oes ganddoch chi amser, mae ganddo fe storis gwerth eu hadrodd. Mae'n hapus i eistedd yno'n gwmni i chi, cyn ichi yrru mlaen ar hyd yr *highway*, a chanlyn eich dyfodol.

Fore Sul aeth James Dean i'r Laguna Beach Hotel i gwrdd â Marty i drafod gwaith, ond erbyn yr ail Mimosa roeddent mewn trafodaethau dwys ynglŷn â'r James Dean arall a phenderfynodd y ddau ofyn i'r Pinkerton Agency wneud gwaith ditectif ar eu rhan. Erbyn y pedwerydd mimosa roedd llygaid Marty'n dechrau teimlo'n drwm a dyma fe'n gwrthod cynnig James i gael lifft ar gefn y moto-beic a gyrru adref.

Mae gweddill y stori yn hysbys i nifer, sef bod James Dean wedi mynd y diwrnod canlynol gyda'i ail fecanydd Rolf Wütherich – dyn clên a gwybodus oedd wedi ei hyfforddi ym mhencadlys Porsche – i baratoi'r car ar gyfer y ras fawr yn Salinas. Doedd fawr ddim y gallai James ei gyfrannu mewn gwirionedd, felly dyma fe'n agor potel o gwrw Jax o New Orleans, ac yfed y cwrw oer yn araf. Byddai'n teithio i Salinas yng nghwmni'r ffotograffydd Sanford Roth, oedd wedi bod yn dilyn Dean ers misoedd. Roedd yntau'n bwriadu cwpla ei stori-mewn-ffotograffau i gylchgrawn *Collier's* gyda Dean yn y ras.

Gyda'r gwynt yn ei wallt, a sŵn a phŵer injan y car yn ei fesmereiddio, roedd James Dean yn hapus. Oedd, roedd, am unwaith, heb gymlethdod, yn ddigon pell o wleidyddiaeth wag y stiwdio, ac o'r lleng o ffans oedd wastad yn llechwra ymhob man. Roedd Dean ar ben ei ddigon. Gydag arogl pîn y San Gabriels, a gwres yn y gwynt, roedd hapusrwydd yn ei waed.

Yn hwyrach y prynhawn hwnnw, am 5.15pm ar y dot, roedd Dean wedi gadael lle o'r enw Blackwells Corner, yn gyrru i'r gorllewin ar Route 466 tuag at Paso Robles. Gyrrai Dean fel cath i gythraul, dros Polonio Pass ac ar hyd yr Antelope Grade gan basio car ar ôl car ar ôl car. Tua 5.45 gwelodd Dean Ford Tudor *coupé* du a gwyn yn gyrru'n gyflym, yn teithio tua'r dwyrain, wrth y gyffordd ger Shandon. Trodd y gyrrwr – myfyriwr o'r enw Donald Turnupseed – i'r chwith, gan groesi i'r lôn ganol, yn syth o flaen Dean. Ceisiodd Dean osgoi'r car, ond trawodd y ddau i mewn i'w gilydd yn un dinistr sydyn o fetel a chnawd a phetrol.

Dyna sut mae rebel yn marw.

Ond roedd car arall, union yr un lliw a llun ag un James Dean, wedi ei weld y tu allan i Bakersfield naw mis yn ddiweddarch, a nifer o bobl wedi tyngu mai Dean oedd wrth y llyw, yn gyrru'n gyflym, yn gyrru'n syth, ar ei ffordd i diriogaethau chwedl, lle mae'r sêr a'r duwiau – Garbo, Chaplin, Grable, Ladd – oll yn byw'n gytûn.

Smocio sigârs yn Charlotte

ROEDD DYN YN ninas Charlotte, Gogledd Carolina, wedi cael yswiriant ar gyfer ei gasgliad helaeth a gwerthfawr o sigârs, gan gynnwys nifer dda o Larrañaga Magnificos, naw bocs o Punch Tres Petit Coronas a deg dwsin o gampweithiau Ramón Allones, gan gynnwys un math mae'n anodd iawn cael gafael arno yn unrhyw le yn y byd bellach. Ar ôl iddo smocio'r cwbwl lot, a throi papur wal y tŷ yr un lliw â memrwn canoloesol, dyma'r dyn yn hawlio swm o arian sylweddol gan y cwmni yswiriant gan ddadlau bod y casgliad cyfan wedi ei ddinistrio gan dân.

Wrth gwrs, roedd y cwmni yswiriant, Needles and Lascelle, wedi gwrthod talu, ac fe aethon nhw â'r dyn i gyfraith. Yn y llys penderfynodd y barnwr – a oedd yn hoff o synfyfyrio gydag ambell Ramón Allones ei hunan – bod y casgliad sigârs wedi ei ddinistrio oherwydd tân, ac felly fe dalodd y cwmni swm sylweddol i'r dyn. Ond yna fe'i harestiwyd am ddechrau tân yn fwriadol. Esboniodd y dyn fod ganddo bolisi yswiriant yn erbyn cael ei herwgipio hefyd, a fyddai'n gorfod talu petai rhywun yn ei gadw'n gaeth yn erbyn ei ewyllys. Felly, bu'n rhaid i'r cwmni roi'r gorau i'r achos.

Bellach, am resymau meddygol, mae'r dyn wedi rhoi'r gorau i ysmygu ac mae'n mwynhau bywyd yn ei dŷ crand ar y traeth yn Malibu, tra bod y gweithwyr yswiriant yn dal i weithio yng ngharchar beunyddiol eu swyddfeydd diflas. Mae ambell un o'r rheini'n smocio sigaréts, yn gaeth i'r nicotîn, ac eraill o blith y gweithwyr diflas yn anadlu awyr y ddinas, y gwenwyn mwyaf cymhleth oll.

Stori fer iawn
(ar ôl Hemingway)

DEGAWD A MWY o wylofain.

Doli glwt ar arch plentyn.

Ei eiddo oll i gyd

SAFAI'R PLISMAN YNO, gan fethu edrych arno'n siawn, dim ond estyn y cwdyn papur fel petai rhyw beled ymbelydrol, wenwynig o blwtoniwm neu nyged o iwraniwm yn llechwra ynddo. Cymerodd Glyn y bag heb yngan gair, dim ond ei bwyso'n fyfyriol yn ei law: nid oedd y cynnwys yn pwyso mwy na bar mawr o Cadbury's Fruit & Nut, ond roedd yn cynrychioli ei holl eiddo ar y ddaear, ar wahân i'r dillad oedd amdano. Na, nid cynrychioli. Hwn *oedd* ei holl eiddo. Nodiodd y plisman cyn dweud bod Helen o Victim Support ar ei ffordd draw. Cynigiodd baned i Glyn, ond roedd Glyn yn teimlo'i fysedd yn crynu, yn teimlo na fyddai'n medru codi unrhyw beth i'w wefusau oherwydd y cryndod.

Chwarae teg i'w gyn-wraig, Maxine: roedd hi wedi gwneud jobyn effeithiol tu hwnt o losgi'r tŷ, ac nid yn unig droi'r tŷ yn gragen ddu, wag, ond llwyddo i wneud yn siŵr bod popeth tu fewn yn llosgi'n ulw hefyd. Rhaid ei bod hi wedi cerdded yn urddasol a phenderfynol a di-hid o gwmpas y tŷ, yn arllwys petrol ar hyd y lle. Byddai siŵr o fod wedi gwlychu'r gwely gyda thanwydd ychwanegol. Roedd y ddau wedi gwahanu am nad oedd ganddynt unrhyw beth i'w ddweud wrth ei gilydd, dim byd yn gyffredin, oedd yn gwneud i bobl feddwl sut ar y ddaear y diweddon nhw lan yn briod.

Dechreuodd y tân tua hanner awr wedi naw yn ôl yr heddlu. Tua'r un amser, roedd Glyn yn mwynhau trydedd act yr opera *Wozzeck* gan Alban Berg, fyddai'n gweddu i'r dim fel trac sain i Maxine yn cerdded ar hyd y lle, yn dripian petrol, yn peintio'r dodrefn â thanwydd, yn gwneud yn siŵr bod o leiaf damaid bach ar bob un o'i lyfrau. Hanner litr ar y soffa a'r llyfrau yn yr ystafell ganol, hanner arall yn yr ystafell wely, tua'r un faint wedyn ar y pentwr dillad symudodd hi o'r wardrob i lawr y gegin. Roedd llai o bethau yn y gegin fyddai'n llosgi'n dda, ac roedd hi eisiau i'r holl le losgi'n wenfflam, mynd lan fel fflêr. Roedd hi eisiau i bobl weld y lle'n llosgi o Fynydd Caerffili.

Un fatsien yn unig, ac nid oedd y munud neu ddau cyntaf o losgi mor ddramatig ag yr oedd hi wedi'i ddisgwyl. Ond wrth i'r tân gydio, ac wrth i'r tafodau oren a choch a phorffor nadreddu ar hyd y lle yn chwilio am faeth, dyma bethau'n gwella, ac erbyn i'r injan dân a'r heddlu gyrraedd roedd hi'n dipyn o sioe. O, oedd, yn dipyn o sioe! Erbyn i'r plismyn sylweddoli bod gan Maxine rywbeth i'w wneud â hyn, roedd y to wedi cwympo. Safai hi yno, a'r fowlen wydr a'r pysgodyn aur ynddi wrth ei thraed, y dŵr yn llawn rhubanau lliw lemwn, satswma a mandarin, holl liwiau sur y llosgi.

Agorodd Glyn y bag gan nodi'r arogl tamp, gwynt pethau'n llosgi wedi cwrdd â dŵr, fel ffagal noson tân gwyllt wedi i gawod o law annisgwyl setlo'n dawel. Roedd dau o ffotograffau, a'u hymylon wedi crino'n ddu.

Edrychodd ar y llun cyntaf, gan deimlo pwysau'r eironi yng nghledr ei law. Llun o briodas, nid ei briodas ef, ond llun gafodd e ar ôl ymweld â'r swyddfa gofrestru. Y diwrnod hwnnw, yn y Gofrestrfa ym Mhenarth, gofynnodd i'r gofrestrwraig beth oedd y peth mwyaf rhyfedd iddi ei weld erioed. Ar amrant estynnodd i ddrôr yn y ddesg a chael gafael ar ffotograff yn syth.

'Dwi'n cofio'r briodas 'ma, gwasanaeth sifil gyda'r gŵr yn dod o'r Drope a'r wraig yn dod o rywle lawr wrth Marshfield, a'r peth cynta ddigwyddodd o'dd i chwe morwyn briodas droi lan yn gwisgo ffrogiau llaes, ornêt – ddim y math o beth fyddech chi'n disgwyl gweld mewn swyddfa, ond mewn eglwys, a chôr o angylion, ac organ enfawr, a digon o bomp. Ond ro'dd y menywod yma mewn lliwiau o'dd, wel, yn neidio mas atoch chi. Tasgu mas, yn wir. Un yn gwisgo leim, un arall mewn asur, wedyn arian ac aur a leilac a mwstard a dim byd yn matsio! Ro'n i'n dechrau dyfalu beth fyddai'r briodferch yn ei wisgo i gystadlu â'r fath liwiau pan gerddodd hi i fewn, yn wledd o sgarlad, yn daffeta i gyd, fel rhywun yn dawnsio fflamenco mewn pantomeim. Wir i chi, weles i rioed siwd beth yn fy myw. Ac ro'dd ei hwyneb hi'n goch hefyd, oherwydd ro'dd hi'n gynddeiriog reit.

'Aeth hi lan at ei darpar ŵr, a dechrau gweiddi a gofyn o'dd e wedi gweld ei brawd hi ac yntau'n ateb ei fod e wedi'i weld e pan adawon nhw'r clwb am hanner awr wedi pedwar ond dim byd ers hynny. A dyma hi'n dweud taw fe o'dd fod i'w rhoi hi bant, a heb unrhyw rybudd dyma hi'n ei fwrw fe i'r llawr, fel sach o dato, bron ei fwrw fe mas. O fewn munud ro'dd e'n ôl ar ei draed a ges i air bach tawel 'da nhw, yn awgrymu dyle'r ddau gymryd hoe fach, deg munud, er mwyn penderfynu oedden nhw am fynd ymlaen â'r briodas, gan danlinellu nad ar chwarae bach…

'Beth bynnag, daethon nhw 'nôl ac aeth y seremoni yn ei blaen, a'r morwynion yn gwenu fel hysbyseb Colgate Ring of Confidence. Ar ddiwedd y seremoni bum munud, dyma'r ffotograffydd swyddogol yn dod i fewn, ac yn dechrau trefnu ble i bobl sefyll, ond dyma beth od iawn yn digwydd. Fe adawodd y gŵr heb weud gair ond aeth ei wraig mlaen gyda'r lluniau hebddo fe! Wel, fydde'r rhan fwyaf o bobl ddim yn trafferthu, fydden nhw?'

Yn ei briodas yntau a Maxine roedd y tawelwch wedi lledaenu rhyngddynt fel tarth, neu niwl – y geiriau wedi mynd ar goll.

'Alla i ddim goddef bod yn dy gwmni, mwy na allen i fod mewn stafell gyda neidr.'

'Sdim rhaid i ti fod 'ma.'

'Neidr.'

'Ast.'

'Sdim byd gwaeth na galw enwau.'

'Sdim enwau digon gwael ar dy gyfer di.'

'Nid fi ddewisodd y berthynas yma. Ha! Pwy frefodd ei ffordd mewn i 'ngwely – plis, Maxine, plis alla i aros yma heno? Alla i gysgu ar y llawr? Fel llo. Fel doli glwt. Plis, Maxine, alla i aros am un noson? Sdim byd yn fwy pathetig na dyn yn twyllo'i hunan bod rhywbeth mwy na jyst rhyw a chwant mewn perthynas. Yn dy bants gyda'r blydi eroplêns 'na arnyn nhw, er mwyn y mawredd, beth ma dyn dy oedran di'n neud yn gwisgo pants gyda blydi eroplêns arnyn nhw? Beth yw dy oedran di, dwêd? Wyth?

'Na'r drafferth 'da ti. Wnest ti fyth dyfu lan. Wnest ti fyth gael digon o ffid ar fron dy fam. A paid â dechrau fi ar dy fam. *Hell's bells.*'

'Ti'n ast, ti'n gwbod 'ny? Yn ast a hanner.'

'Ble mae dy urddas, dy hunan-barch di? Alli di weld dy hunan… yn sefyll fan'na yn galw enwau, fel bachgen bach? Pathetig. Cer o 'ngolwg i, cyn i fi chwydu.'

Does ganddo'r un atgof pleserus ohoni, dim ond blas hallt yn ci geg, fel wermwd. Mae'n cofio ei llygaid Gestapo, yn oerlas ac yn greulon. Llygaid fel y Commandant yn un o'r gwersylloedd yng Ngwlad Pwyl, Auschwitz neu Buchenwald. Roedd Iddew wedi ei ddal yn dwyn rhywbeth gwerthfawr – taten, neu ddarn o fara, efallai – ac wedi cael ei lusgo gerbron y Commandant ac, wrth gwrs, y gosb eithaf oedd yr unig gosb ar gyfer pob trosedd.

'Ond,' meddai'r Commandant, 'dwi newydd ddychwelyd o Berlin lle roedd y gwyddonwyr gorau wedi creu llygad wydr newydd i mi, a phawb yn honni nad yw'n bosib gweld y gwahaniaeth rhwng yr un iawn a'r un ffals. Felly, os fedrwch chi weld y gwahaniaeth rhwng yr un wydr a'r un go iawn, efallai… efallai wna i roi eich bywyd bach pitw 'nôl i chi.'

Ar amrant dyma'r Iddew'n dweud, 'Yr un chwith yw'r un go iawn.'

'Sut, felly?' gofynnodd y Commandant, gan synnu bod yr Iddew wedi dyfalu mor sydyn.

'Oherwydd roedd 'na fymryn bach, bach o dosturi yn y llall.'

Llygaid fel y rheini oedd gan ei gyn-wraig, ond bod y

ddwy lygad heb ronyn o dosturi yn perthyn iddynt. Dim
tosturi nac emosiwn o gwbl. Llygaid oer fel pysgod marw.

Dyw Glyn ddim yn siŵr a yw Maxine yn gorwedd
mewn beddrod o farmor gwyn, ond dyna sut mae'n ei
dychmygu hi. Fel Eva Perón, a'i hwyneb yn fwgwd cwyr,
a'i llygaid ar gau'n dynn. Mae hi wedi marw iddo ef. Dyna
sy'n bwysig. Dyna i gyd sydd ei eisiau. Dyna'r oll mae ef yn
ei chwennych. Efallai ei bod hi mewn carchar i fenywod,
megis Pucklechurch. Ond byddai'n well tase ei chell hi'n
oer, a'i bod hi'n gorwedd yno, yn rhewgell marwolaeth,
fel Eva.

Edrychodd Glyn yn y bag drachefn, gan ddodi'r llun
priodas i'r naill ochr a chodi'r ail ffotograff.

Dim ond hanner llun oedd hwnnw. Llun o goesau
menyw. Coesau siapus ar y naw. Cofiai'r llun yn ei
gyfanrwydd, oherwydd hwn oedd yr unig lun oedd ganddo
o'i fam fel menyw ifanc, yn sefyll ar graig yn Ninbych-y-
pysgod. Coesau fel rhai Betty Grable, un o sêr y cyfnod pan
fyddai ei fam yn mynychu sinema'r Welfare yng Nghastell
Nedd, yn boddi yn y delweddau mawrion. Dyna pryd
roedd hi hapusaf, yn y Welfare, ar nosweithiau o aeaf yn
y pedwardegau a'r pumdegau, oes y Comets, Bill Haley,
Woodbines, Suez a Bob Dylan gyda'i ddau fath o gitâr.

Ond roedd sêr y sgrin mor real iddi hi ag unrhyw berson,
ac nid oedd unrhyw beth yn cymharu â'r antur o weld y
teulu'n gwisgo'u dillad gorau ar brynhawn Sadwrn, yn y tŷ
ar Addoldy Road, ac yn cwrdd â'r teuluoedd eraill yn y parc
ar eu ffordd i'r Welfare. I weld Roy Rogers yn marchogaeth
ceffyl palomino tuag at fachlud haul ysblennydd oedd yn

Technicolor i gyd. Rhyfeddu ar Lana Turner yn *Peyton Place* a *The Postman Always Rings Twice*. Litani o hoff actorion – James Stewart a James Mason. Orson Welles ac Alan Ladd. Heb anghofio Robert Mitchum. Roedd ei fam yn dwlu ar Robert Mitchum. Fel roedd Marilyn Monroe yn y ffilm… beth oedd enw'r ffilm nawr? Ambell waith roedd ei fam yn cofio pob enw, pob ffilm, bron pob golygfa. Ond, dro arall, byddai'r cof yn pylu, delweddau'r gorffennol ddim yn ddigon clir.

Yn y ffotograff rhwygedig mae ei choesau'n gryf, egnïol, prydferth, mor wahanol i'r coesau oedd yn hongian yn llipa flynyddoedd wedyn, y croen wedi crino, y gwythiennau wedi'u hamlygu eu hunain fel mapiau o afonydd bach gleision. Y croen yn teneuo. Y map yn dangos tu fewn ei byd, a thu mewn i'w chroen, fel arddangosfa o henaint. Y ffordd mae'n rheibio'r cnawd. Yn dawel, dawel.

Gofynnodd rhywun unwaith i ddosbarth o fyfyrwyr athroniaeth mewn prifysgol beth oedd y ffordd mwyaf creulon bosib o ladd pobl. Dyma'r darlithydd pryfoclyd, oedd wrth ei fodd yn tanio'r meddyliau ifanc, yn cael nifer o atebion megis sombis, fampirod, a phethau ofnadwy yn saethu allan o stumog John Hurt, oherwydd mae pobl ifainc yn hoffi pethau ych a fi. Ymhlith yr atebion lu cafwyd ambell un yn cyfeirio at ddulliau canoloesol o fflangellu a llosgi, rhai'n cynnig atebion dychmygus ond creulon yn ymwneud â bath asid neu ddulliau creadigol o boenydio o Siapan neu Sawdi Arabia. Ond cafwyd yr ateb gorau, mwyaf ysgytwol, gan ferch fach dawel oedd wastad yn eistedd yng nghefn y ddarlithfa, sef gadael iddyn nhw farw o henaint.

O feddwl am ei fam, yn ifanc ar lan y môr yn Sir Benfro, ac yna'n fethedig, sylweddolodd Glyn ei fod wedi etifeddu cymaint o bethau ganddi – ei ffordd o symud, ei hagwedd optimistig tuag at y byd, talp sylweddol o acen, a ffydd mewn cariad digyfaddawd. Ac roedd e'n sylweddoli bod y cyfraniadau ffurfiannol yma'n werth mwy nag eiddo, nac arian.

Tafla'r bag gyda'i holl eiddo yn y byd i'r twba sbwriel metel yng nghornel yr ystafell, wrth ddisgwyl i Helen gyrraedd o Victim Support. Ond nid yw Glyn am aros. Mae'n barod i gerdded mas, ei fam yn gysgod wrth ei ymyl, i ddechrau eto, o'r newydd, heb eiddo nac arian na dim yw dim. Y tu allan, mae'r haul yn tanio.

Mae'n cerdded yn araf, yn mwynhau'r ddaear dan ei draed. Mae e fel rhywun ar fin gorffen darllen llyfr ac yn dechrau troi'r meddwl at yr un nesaf. At y storïau dirifedi, rif y gwlith, sy'n ein hwynebu ni i gyd, ac am ein cwmpasu a'n cynnwys, ein drysu a'n diddanu bob dydd a ddaw. Stori i bob yfory.

Tra byddwn iach.

Tra byddwn ifanc.

Tra byddwn byw.

Canhwyllau

DOEDD DANIELS DDIM yn cysgu'n dda. Roedd ei waith ymchwil wedi ei feddiannu'n llwyr, ei lygaid wedi chwyddo fel rhai tylluan gan y straen. Os byddai'n lwcus byddai'n cysgu am ddeg munud bach sydyn yn y prynhawn, ond roedd y nos yn gwbwl effro, wrth iddo brosesu ac ailfeddwl ei ymchwil.

Dechreuodd y prosiect yn ddigon syml: darllen drwy'r llyfrau a'r testunau yng nghasgliad Salesbury, gan ganolbwyntio ar y canhwyllau cyrff a rhyfeddu at y ffaith fod 'na bobl ar dir y byw yn cofio gweld y fath bethau'n llosgi yn y nos. Fel y darllenodd yng nghampwaith digamsyniol y Parchedig D. G. Williams, Ferndale:

'Y mae llawer yn fyw eto sydd wedi gweld canhwyllau cyrff. Y rhai sydd gyfarwydd â'r gweledigaethau hyn yn unig sydd alluog i ddywedyd ar unwaith o ba oed y bydd y person y mae y gannwyll yn rhagargoel o'i farwolaeth.'

Dychmygodd Daniels y goleuadau bychain, fel lampau tylwyth teg yn llosgi ar y gweunydd, yn ffenestri'r ffermdai, yn symud yn araf, fel y mae enaid yn symud wrth adael y corff gan chwilio am yfory yn y byd a ddaw. Cannwyll. Yn symud ar ei ben ei hun, heb unrhyw ymyrraeth ddynol.

Sir Gaerfyrddin oedd un o ganolfannau'r credoau yma ac roedd Daniels wedi holi tri hen berson oedd yn cofio'u gweld ac yn trafod y digwyddiadau fel y byddai rhai pobl yn trafod mynd i Tesco. Cofiai i un ohonynt, Gwynoro Rowlands, weld mwy nag un cannwyll corff mewn bwthyn diarffordd, ddeuddydd cyn bod y teulu cyfan yn trigo oherwydd y diciâu. Y tad, y mab, a'r fam gleniach na chlên, Letitia.

Mae gan y canhwyllau drefn arbennig o ymddangos er mwyn rhyddhau gwybodaeth:

'Cannwyll fechan a fydd yn rhagarwyddo marwolaeth plentyn.'

'Cannwyll fwy a ragflaena angladd person yn ei gyflawn faintioli.'

'Rhagddengys cannwyll wen farwolaeth menyw, a channwyll goch farwolaeth gwryw.'

Darllenodd y nodiadau gan sipian wisgi drud o Siapan – anrheg gan ei frawd oedd yn gapten ar dancyr olew. Nid oedd ei frawd yn deall nac yn gwerthfawrogi ei waith ymchwil, ond nid oedd Daniels yn medru gyrru 30,000 tunnell o long i mewn i harbwr.

Dros gyfnod o dri mis bu Daniels yn ymweld â sawl cartref nyrsio, yn crynhoi atgofion a'u recordio ar ei declyn bach. Clywodd am gannwyll yn ardal Brechfa yn 1976, a rhai ar un o'r bryniau uwchben Talyllychau oedd yn wyrdd, lle bu farw gŵr yn ei ugeiniau hwyr yn ystod y bore pan ymddangosodd y gannwyll. Nid oedd unrhyw gyfeiriad yn y llyfrau ynglyn â channwyll werdd.

Tyfodd awydd arno i weld cannwyll corff drosto'i hun. Gwirfoddolodd i weithio shifffts yn yr hosbis y tu allan i Landeilo, gan ofyn a gâi weithio'r nos, pan oedd mwy o bobl yn marw. Daeth y cyfle hwnnw pan symudodd un o'r gwirfoddolwyr eraill i fyw i Birkenhead, a gofynnwyd i Daniels weithio o ddeg y nos tan ddeg y bore.

Wrth ddarllen nodiadau meddygol yn y swyddfa un noson, a phawb yn cysgu, gwelodd y patrwm, a daeth y datguddiad. Nid oedd y bobl yma i gyd wedi marw'n naturiol. Roedd pob un wedi cael help i adael y byd, ac ambell un wedi cael lot fawr o help. Golau cydwybod oedd yn symud, rhyw fath o rybudd i eraill gadw draw. Gwyddai Daniels sut y gallai weld cannwyll corff.

Nos Iau oedd hi pan sleifiodd i mewn i'r cwpwrdd moddion a chasglu digon o Oramorph i lenwi syrinj. Cysgai Meryl Williams yn ystafell naw, yn naw deg un oed ac yn dioddef o dementia. Cymerodd botel bach o *fentanyl* yn ogystal – stwff sy'n aml yn cael ei roi ar ffurf lolipop i rywun sy'n dioddef o gancr. Aeth i ystafell naw, a rhoi jyst digon o'r ddau gyffur i anfon Mrs Williams ymlaen i'r hyn a ddaw, ond ddim yn rhy sydyn. Roedd angen amser i'r cannwyll corff ymddangos.

Eisteddodd mewn cadair i syllu ac aros.

Pan ddaeth y golau hollol arallfydol, llosgai'r fflam yn uwch ac yn uwch. Edrychodd ar y gannwyll ac estyn ei ddwylo i afael ynddi. A'r fflam o'i flaen, cododd Daniels o'i gadair a dechrau cerdded, yn araf iawn, iawn, ar draws diffeithdiroedd y meirw, y corstir llawn mwswg asid, i ganol llofruddwyr eraill, oedd yn cerdded o gwmpas wedi eu drysu gan y lle, y gwacter, y lleithder, y di-ben-draw-der. Ei gyd-deithwyr. Pob un â'i lamp bach gwan yn llosgi'n ddu.

Yr heretig

CODODD YR HEN wr, Pelagiws, o'i wely pren, a'i gyhyrau'n cwyno ac yn gwingo ar ôl yr holl deithio dros yr wythnosau diwethaf, yn pregethu hyd at wyth gwaith y diwrnod.

Cododd yn gynharach nag arfer, awr a mwy cyn caniad y ceiliog cyntaf am bedwar o'r gloch. Ambell fore byddai'n hawdd iddo gredu ei fod yn cael ei gosbi am ei syniadau gan Dduw ei hun, oherwydd roedd ei goesau'n sigledig a'i geg yn blasu fel dŵr broga. Nid oedd yn gwybod digon am faeth i wybod bod a wnelo'r gwendid a'r boen rywbeth â'r ffaith ei fod yn bwyta mor anaml.

Heddiw, byddai'n bwyta lemwn – cael un chwarter i frecwast, gyda mymryn o halen, dau chwarter i ginio, gyda chydig bach, bach o fêl, a'r darn olaf i swper. Rhwng y gwledda byddai'n ysgrifennu a meddwl a darllen. Wrth iddo bendroni dros lyfr a gafodd fel anrheg gan fasnachwr oedd ar ei ffordd yn ôl i Syria cofiodd am y sgolar hwnnw wnaeth dreulio cymaint o amser yn plygu dros ei ddesg nes ei fod wedi codi un bore yn wargrwm, ei gefn wedi troi'n fwa lletchwith, fel cragen crwban. Felly, byddai Pelagiws yn codi bob hyn a hyn i gerdded o gwmpas yr ystafell, ar goll yn llwyr yn ei feddyliau heriol, radical a pheryglus.

Gwyddai ei fod yn medru corddi'r dyfroedd, taflu tymhestloedd o wynt a glaw i droi'r Tiber yn un carlam gwyllt o ddŵr berw. Syniadau! Pwy gredai eu bod yn fwy pwerus ac effeithiol nag unrhyw leng, hyd yn oed Stasiun oedd wedi concro Affrica? Newid y byd oedd pwrpas yr athronydd a'r diwinydd. Felly, aeth yn ôl i'w bentwr blêr o lyfrau, deg yn unig, ei lyfrgell gyfan, ac yno, yn ddiwyd a di-ffws, aeth ati drachefn i orffen y dasg o newid y byd gyda'i syniadau dwys.

Ond roedd sioc, sioc a hanner, sioc a thri chwarter, yn disgwyl y meddyliwr a'r heriwr. Yn ystod y noson honno, wrth iddo godi i ddefnyddio'r pot, clywodd lais cryf ac awdurdodol yn gofyn a allai ddod i fewn. Ond, yn rhyfedd, roedd y llais yn swnio fel petai ar y tu fewn yn barod, yn dod o bob rhan o'r ystafell, yn ei amgylchynu, yn siarad o bob cyfeiriad.

Drysodd Pelagiws, yn naturiol ddigon, gan feddwl bod y straen o orweithio wedi effeithio ar ei feddwl, nid lleiaf yr holl fygythiadau roedd wedi bod yn darllen amdanyn nhw yn Dewteronomiwm, y ffordd y byddai Duw yn gwneud iddi lawio llwch a lludw, a sut y byddai'r rhain yn parhau i ddisgyn nes bod y ddynolryw wedi ei difa, neu o leiaf y pechaduriaid, y rhai oedd yn sefyll yn y glaw, fel petai. Cofiai hefyd am y ffordd y byddai'r cyrff yn cael eu gadael yn fwyd i'r holl adar ac anifeiliaid – y jacal a'r fwltur a'r holl reibwyr danheddog a phigsiarp eraill – a neb i'w dychryn i ffwrdd, wrth iddynt dyllu i fêr yr esgyrn, a chrensio'r penglogau'n ddwst a darnau mân.

'Ga i ddod i mewn?' gofynnodd y llais drachefn, gan wneud i galon Pelagiws golli curiad. Tu allan i'r ystafell gallai Pelagiws glywed sŵn briwsion o ludw yn disgyn ar y to, a chlywed, yn y pellter, y jacal yn agor ei lygaid yn ei wâl, a'r fwltur yn agor ei adenydd led y pen, yn barod i hedfan dros yr erwau sych.

'Bydd yr Arglwydd yn gwneud i chi ddioddef o'r afiechydon gwael wnaeth daro pobl yr Aifft, gyda'r briwiau cas, y crach ar y croen, a'r cosi – ac ni fydd gwella i chi.'

Dyma Pelagiws yn teimlo'i groen yn cosi wrth chwilio am ateb i'r llais, gan wybod yn ddiamheuol taw llais Duw roedd e'n ei glywed, ac y dylai ddweud rhywbeth.

'Bydd yr Arglwydd yn achosi panig, a'ch gwneud yn ddall ac yn ddryslyd.'

Panig, ie! Dall, na! Dryslyd? Bid siŵr!

Agorodd Pelagiws ei geg i ateb, ac wrth i'r gair bach syml 'heresi' lithro, dyma Duw'n profi ei fod yno ymhob cymal, pob syniad, pob anadl a phob symudiad, ac y byddai'n dda i Pelagiws dderbyn hynny.

Mewn llais oedd bellach yn taranu o gwmpas waliau'r ystafell fechan, cell yr heretig, dyma Duw'n adrodd geiriau a ysgrifennwyd i'w ddisgrifio ef ei hunan, gan ddweud taw cariad ydoedd, ei fod wedi ei wneud o gariad, ei greu gan gariad, taw Duw cariad ydoedd. Gyda phob cymal a llythyren, codai lefel y panig ym mrest Pelagiws, nes ei fod yn crynu ac yn chwysu ac yn drysu ac yn hanner gwallgo â pharchedig ofn. Roedd y llais yn glir ac yn bygwth ei feddiannu hyd at fêr ei esgyrn.

'Byddwch chi'n ymbalfalu ganol dydd fel rhywun dall sydd yn y tywyllwch, a fydd dim y byddwch chi'n ei wneud yn llwyddo. Bydd pobloedd eraill yn eich cam-drin ac yn dwyn oddi arnoch, a fydd neb i'ch achub.'

A doedd neb yno i'w achub wrth iddo orwedd ar y llawr, funudau'n unig ar ôl i Dduw adael i fynd i weld rhywun arall, i ddarbwyllo rhywun arall, yn Jerico neu Jeriwsalem, neu rywle agosach fyth. Neb i achub Pelagiws, yr heriwr a'r meddyliwr mawr. Yno, yn ei gwrcwd yng nghornel ei gell, wedi dod i ddeall popeth, ie, popeth, ond yn rhy hwyr. Mor eironig o hwyr.

Yn gorff llipa, diymwybod, ar gornel llawr.

Wrth i'w waed dwchu.

Wrth i'w arennau lenwi â rhywbeth o'r Aifft.

Wrth i'w organau ballu.

Wrth i'w galon ddod i stop.

Wrth i'w ddadl olaf gyda Duw ddirwyn i ben.

Heskyn ar hyd y lle

A R Y DIWRNOD y rhyddhawyd Graham Heskyn o'r carchar, syllodd y llywodraethwr arno am amser hir, ei lygaid yn arsyllu o dan aeliau o ddur. Cyfarth yn hytrach na siarad oedd ei ddull o gyfathrebu a bu bron i Heskyn roi ei ddwylo dros ei glustiau. Heddiw – y diwrnod y byddai'n cerdded yn rhydd.

'Yn fy myw, dwi heb gwrdd â rhywun mor ddienaid a dieflig yn ystod gyrfa hir yn gweithio mewn carchardai caled, Categori A. Ydych chi wedi dangos unrhyw fath o edifeirwch? Na. Dim yw dim. Mae'n amlwg fod gennych chi galon o wydr, os nad o iâ. A nawr dwi'n gorfod eich rhyddhau i'r byd mawr, gan wybod yn iawn y byddwch yn malurio bywydau ac yn lladd drachefn, fel gwiber boeri o Gabon.'

Synnodd Heskyn o glywed y gyffelybiaeth gysáct. Nid neidr gyffredin ond gwiber boeri o Gabon. Penderfynodd anwybyddu'r geiriau hallt gan addo y byddai'n dial rhyw ddydd. Dod o hyd i gyfeiriad y dyn, a'i ladd. Gydag asb efallai. Ie, dal asb i'w fron a gadael i'r dyn weiddi.

Wrth i'r Cyfnor fyseddu ei ffordd yn hamddenol drwy ffeil Heskyn roedd yn adrodd rhai o reolau ei ryddhau. Dim gweithio mewn ceginau. Dim llefydd bwyta. Dim pilio pannas na phobi cacennau *choux*. Gwrandawodd Heskyn heb yr un bwriad i ufuddhau. Roedd eisoes wedi rhoi cylch o gwmpas hysbyseb ar gyfer *sous chef* yn y papur lleol.

Cerddodd allan o gatiau'r carchar i ddinas oedd yn boddi dan olau fioled, yr hwyrnos yn troi'n indigo. Bu'n garcharor am un mlynedd ar bymtheg, a chan ystyried bod ganddo ddedfryd o fywyd dan glo, roedd hyn yn dda, a'r rhyddid fel oscijen pur i'w dynnu'n ddwfn i'w ysgyfaint. Nid oedd wedi pechu neb, gan gadw'n dawel a chadw'i hunan iddo'i hunan. Gwirfoddolodd i lanhau'r toiledau, gan wneud hynny gyda dycnwch hyd yn oed yn ystod y Pla, fel y'i galwyd, pan oedd y lle'n llifo fel yr Iorddonen ar ôl tri diwrnod o ddolur rhydd – *amoebic dysentery* i fod yn fanwl – a'r gwaith o gadw'r lle fel pìn mewn papur yn amhosib, er bod y sgriws yn mynnu hynny.

Lle da i gwato oedd y bogs, i osgoi rhai o fwystfilod rhonc y lle oedd yn meddiannu tiriogaeth ac eiddo ac eneidiau. Gochel rhag y Frawdoliaeth Aryan, oherwydd eu diléit o boenydio ag offer meddygol: sgalpelau, llifau torri asgwrn, driliau hollti penglogau, ac wrth gwrs doedd 'na ddim anaesthetig ar gyfyl y lle. Dyma chi fois oedd yn byw yn hunllefau pobl. A'r gefeilliaid McGuire, oedd yn gwneud i hyd yn oed y *sociopath* mwyaf treisgar edrych fel Sali Mali. A'r canibaliaid – ie, canibaliaid – oedd yn byw ar E-Wing. Doedd neb eisiau gwybod beth oedd eu cinio dydd Sul, y dynion gwyllt yn glafoerio dros ddarn o wddf, neu'n sugno sudd o glust oedd wedi bod yn sownd i garacharor arall y bore hwnnw. Diflannai pobl yn y carchar, diflannu o wyneb y ddaear. Mewn carchar!

Roedd yn wyrthiol fod Heskyn wedi llwyddo i osgoi'r bwystfilod cyhyd. Diflannodd Leccy, oedd yn rhannu cell ag e, yn hollol ddisymwth a bu'n rhaid chwilio am ei weddillion yn y draens. Roedd rhywun wedi brecwasta ar ei gnawd.

Ond roedd un peth yn ei warchod, sef ei fam, neu yn hytrach ysbryd ei fam. Tra oedd hi'n fyw roedd hi wedi gwneud yn siŵr bod ei mab yn medru carco'i hun, reit o'r cychwyn cyntaf. Pan oedd Heskyn yn ddim byd mwy na phenbwl yn ei chroth, roedd hi wedi gwneud yn siŵr ei bod yn edrych ar ei ôl. Stopiodd smocio pan oedd e'n tyfu y tu mewn iddi, oedd ddim yn beth hawdd a hithau ar dri phaced y diwrnod. Yn nes ymlaen dysgodd iddo baffio, ac wedyn, ac yntau'n ddyn, dysgodd iddo sut i ddefnyddio gwenwyn. Roedd hi'n *old school*, yn ffafrio planhigion o glawdd a choedwig fel bela a chacimwci, neu wasgu'r sudd o fysedd y cŵn i hala calon ar ras mor wyllt nes ei bod yn ras olaf i'r pwr dab. Dyn modern, ar y llaw arall, oedd Heskyn, yn gwybod am wenwynau megis Zyklon B ac Agent Orange, peledau o boloniwm – y math o beth y byddai'r Rwsiaid yn ei ddefnyddio i gael gwared ar ysbïwr – a sut i brynu *ricin* yn ddidrafferth dros y we, gan drefnu cludiant gan Federal Express i siop fach y gornel. Gallai'r hen wybodaeth a'r newydd gyfuno'n dda, a diolchai'n aml am ddoethineb llawr gwlad ei fam, a'i phresenoldeb drwy'r oriau hir yn y gell, yn eistedd yno'n gweu, ac yn codi ei phen bob hyn a hyn i wenu gyda'i dannedd cam. I'w gadw'n gynnes dan gwrlid o gariad.

Ar y tu fas, roedd Heskyn yn enwog, a phan aeth e i fewn am y tro cyntaf prin fod unrhyw un mor enwog yn y wlad. Fe, Heskyn, y dyn oedd wedi llofruddio pob cwsmer mewn lle bwyta dwy seren Michelin, gyda'r *pâtisserie* mwyaf blasus, hufennog ond marwol. Erbyn i'r heddlu gyrraedd roedd y lle'n llanast, y cyrff wedi eu gwasgu'n bob siâp trwy boen a dioddefaint sydyn, a rhai wedi eu gwasgaru ar lawr Bromfelds fel manecins mewn ffenest siop. Eu hwynebau wedi eu gwneud o gŵyr. Eu llygaid syn yn farblis oer. Y darnau o does yn glynu at eu gwefusau tyn. Ymddangosodd y lluniau o dan benawdau mawr, ac yn yr *Express* fe'i bedyddiwyd yn 'Pastry Poisoner' a chyn hir roedd pob papur yn defnyddio'r term.

Adroddwyd y stori'n llawn yn ystod misoedd yr achos llys, sut y gwnaeth Heskyn weini *choux buns* yn llawn seianeid i hen bâr, a'r trueiniaid yn meddwl eu bod nhw wedi archebu pwdin nid ewthanasia. Sut roedd y Pastry Poisoner wedi cyflwyno bowlen fawr o *Eton mess* i deulu o bedwar, a'r hufen wedi'i gymysgu â rhywbeth a ddefnyddiodd y CIA yn El Salfador unwaith. O fewn munudau roedd wyneb y tad wedi troi'n wyrdd, a'r tri wynepryd arall yn ei ddilyn, nes eu bod nhw'n edrych fel un o beintiadau Walter Sickert, y lliwiau sâl hynny, y croen dynol yn ymdebygu i froga. Yna, rhewodd y cyrff, gan galedu'n gyflym, ac edrych fel petaen nhw wedi eu gwneud o ferdigris, y rhwd gwyrdd.

Clywodd y rheithgor sut y gwnaeth Heskyn yfed *espresso*

doble bach ar ei ben ei hun ar ddiwedd y gyflafan, yn ei eiriau ei hunan, 'i werthfawrogi gwaith da y noson'. O, cythruddodd hynny'r dorf yn yr oriel gyhoeddus! Crogwch e! Dyw crogi ddim yn ddigon! Dienyddiwch e! Ac roedd Heskyn yn sefyll yno, a thinc o wên ar ei wefusau, wrth gofio eistedd yno wrth y bar yn sipian y surni du ac yn teimlo fel duw, y math o dduw sy'n trafod marwolaeth gyda'r un sgìl â pharatoi *profiterole*. Onid oedd cymysgu angau a phleser yn dalent digamsyniol? Bu'n rhaid clirio'i oriel a gwahardd ambell un rhag dychwelyd. A phawb yn ofalus iawn ynglŷn â beth oedd yn eu brechdanau amser cinio. Beth yw'r stwff 'na ar y tomato?

Dychmygai Heskyn nad hawdd fyddai cael hyd i rywle i aros, ac yntau heb gyfeiriad i'w ddangos, a dim ond ychydig bach o arian yn ei boced. Ond roedd hen lag wedi rhoi darn o bapur wedi ei blygu iddo yn ei law wrth iddo adael, a chyfeiriad lle gwely a brecwast wedi ei ysgrifennu arno, a'r boi yn hisian, 'No questions, asked, boy' drwy fariau ei gell.

Roedd The Laurels wedi gweld dyddiau gwell, ymhell, bell, bell yn ôl. Roedd yr un peth yn wir am yr hen fenyw oedd yn rhedeg y lle, Hilda Bunting – sgerbwd cryd cymalog mewn oferols o ddyddiau'r Land Girls. Byddai'i gwesteion yn gorfod ei chario i lawr i'r gegin, fel rhyw blentyn pren, ei breichiau fel un o'r bechingalws 'na chi'n defnyddio i sychu dillad ac yn cysylltu â bysedd oedd yn gwneud sŵn fel castanets.

Bob bore byddai'r hen wreigan yn cael ei gosod yn agos i'r stof – rhywbeth tebyg i AGA ond wedi ei adeiladu gan weldar di-glem, gyda phibau diangen a thueddiad i daflu fflamau mas. Eisteddai Mrs Bunting ar gadair uchel, fel dyfarnwr yn Wimbledon, yn gweiddi gorchmynion ynglŷn â nifer yr wyau a'r darnau o gig moch. Arhosodd Heskyn ei dro i wneud y coginio.

Tyfodd y ddau'n ffrindiau bore oes, oherwydd roedd Mrs Bunting yn hapus ddigon i rannu ei moddion ag e, a hithau'n cymryd pob math o dabledi i reoli poen ac ymladd iselder ysbryd: rhai o bob lliw, fel casgliad o *jelly beans*, gan gynnwys yr un blas mango, sy'n brin.

'Helpwch eich hunan, Jeremy,' byddai hi'n dweud wrtho bob bore, heb wybod beth oedd ei enw iawn. Gwyddai Heskyn y dylai fod yn wyliadwrus oherwydd ei broblemau gyda thawelyddion yn y gorffennol, felly cadwodd at y rhai porffor yn unig, nes bod Mrs Bunting yn esbonio bod y rheini i fod i fynd i mewn i'r pen arall, gan bwyntio at ei phen ôl bach esgyrnog.

Gwawriodd y dydd pan ddaeth y cyfle i Heskyn baratoi'r brecwast, wedi iddo gynnig bod Mrs Bunting yn aros yn ei gwely, cael diwrnod i'r frenhines, gwyliau bach bant o'r ffrimpan. Roedd criw o nafis Gwyddelig yn aros yn y lle, ac awgrymodd yr hen fenyw y dylid paratoi pedwar darn o gig moch yr un iddyn nhw a defnyddio'r ddau beiriant gwneud tost ar yr un pryd i hwyluso'r broses gynhyrchu. Edrychodd Heskyn ar y criw oedd yn yr ystafell fwyta, gan gyffwrdd yn dyner yn y ddwy fflasg yn ei boced. Gweithiai ei gefnder i'r Llywodraeth, yn labordai cyfrin Porton Down, lle roedd wedi bod yn dwyn hyn a'r llall er gwaetha'r holl sustemau diogelwch, a'u cuddio. Cafodd ei ddal, a thrwy rwydwaith post answyddogol carchardai Prydain llwyddodd i gael neges i Heskyn yn dweud ble roedd wedi claddu'r fflasgiau.

Wrth i Heskyn ffrio'r bacwn – yn gyflym, a'r symudiadau'n rhwydd ac yn osgeiddig – meddyliodd nad oedd ganddo affliw o syniad beth oedd yn y fflasgiau, ddim hyd yn oed a oedd y cynhwysion yn gemegol neu'n fiolegol. Roedd y fflasgiau, gyda'u caeadau solet a'r angen i wneud tri pheth gwahanol i'w hagor, yn awgrymu bod y gwenwyn ynddynt yn hynod bwerus. Byddai'n rhaid gwisgo menig sbesial i'w handlo. Teimlai'n gryf ac yn bwerus o gael y fath hylifau yn ei feddiant, 200 sentilitr o farwolaeth mewn jar. Teimlai ysbryd ei fam yn sefyll y tu ôl iddo, yn edrych arno'n estyn am y menig.

Roedd yn paratoi'r bwyd yn hynod effeithiol, fel llinell gynhyrchu ceir yn rhywle megis Düsseldorf. Torrodd ddau ddwsin o wyau a'u sgramblo'n ffroth lliw menyn. Coginiodd y bacwn fesul hanner pwys, a'u cadw'n dwym yn y ffwrn. Aeth madarch *portobello* dan y gril, gyda pherlysiau'n drwch arnyn nhw. Cocos, a bara lawr, ac arennau, a thost, a sudd oren ffres. Os taw dyma oedd eu brecwast olaf, mi fyddai'n un da, gyda cholesterol ychwanegol.

Wrth i'r nafis lowcio galwyni o de lliw mahogani, clymodd Heskyn fasg arbennig dros ei wyneb cyn agor y fflasgiau. Gwelodd haen o nwy gwyrdd tenau yn codi'n rhydd cyn drifftio drwy'r hatsh gweini. Gweithiodd yn chwim, a chafodd y dynion mawr eu llorio fel llygod mewn labordy, eu hwynebau fel y boi yn llun Edvard Munch, *The Scream*, y byd ar ben mewn fflachiadau o boen pur, gwyn. Sydyn, marwol, llofruddiol.

Caeodd y fflasgiau, ac yfed dracht o wrth-wenwyn, rhag ofn. Diolchodd i'w gefnder am hynny. Yna, aeth ati i adael y lle gwely a brecwast gan edrych fel gwenynwr yn ei fasg, cyn datod hwnnw a'i daflu i sgip y tu ôl i Lidl. Meddyliodd am y criw mawr, eu cyrff wedi'u rhewi'n siapiau rhyfedd o gwmpas y bwrdd. O leiaf roedden nhw wedi mwynhau brecwast llawn, y madarch yn hudolus, a'r bacwn i'w glodfori. Yn ei gwely, breuddwydiodd Mrs Bunting am Larry, y bachgen wnaeth ei chusanu gyntaf, gan deimlo ei wefusau'n dynn ar ei rhai hi, mor dynn yn wir nes ei bod hi'n methu anadlu bron. Ac yna'n methu anadlu.

Bu Heskyn yn ddigon doeth i rentu ystafell mewn tref gyfagos – a chael ystafell gyfyng, fel cell mynach, neu un o'r celloedd yng ngharchar Wakefield, lle danfonwyd Heskyn ar ôl ffrwgwd yng ngharchar Albany. Hen ysbyty meddwl oedd Roxie's, wedi ei addasu'n fflatiau fforddiadwy, ond bod y rhan fwyaf oedd yn medru fforddio byw yno'n gwneud eu pres trwy buteinio neu werthu cyffuriau. Ond roedd y lle'n ddiogel oherwydd hynny, gyda'r holl Rottweilers a'r plismyn oedd yn ymweld â'r puteiniaid. Prysur oedd y lle, ddydd a nos. Copars yn dod i dreulio orig neu ddwy yng nghwmni trawswisgwyr ac acrobats rhywiol. Dynion busnes yn methu aros i ddadwisgo'u siwtiau.

Cynigiwyd y lle i Heskyn am rent isel iawn, ar un amod, sef ei fod yn cael gwared ar unrhyw un oedd yn achosi trwbwl, neu oedd yn debygol o achosi trwbwl. Un o gyn-garcharorion Dartmoor oedd yn berchen y lle, ac roedd Lenny Smythe am gadw'r *bordello* yn fusnes llwyddiannus, a gwneud yn siŵr fod y cyffuriau'n cael eu gwerthu ar y stryd, nid o'r fflatiau. Cytunodd Heskyn i hyn yn hapus, gan wybod y gallai ddelio ag unrhyw un oedd yn ddigon annoeth i'w herio gyda un sgwirt bach o *curare*.

Setlodd i batrwm beunyddiol yn Roxie's. Byddai'n mwynhau gweld chwant dynol yn cael ei gyfleu mewn cymaint o wahanol ffyrdd. Esboniodd un fenyw, Hettie, na wnaeth un cleient ddim byd mwy na gofyn iddi ei fwydo â bisgedi, ond iddi wneud hynny â'i thraed. Byddai Heskyn yn ymweld â Hettie unwaith y dydd, os nad oedd hi'n brysur gyda'i bisgedi, ac yn mwynhau paneidiau o de, a chwarddai'n braf wrth iddi estyn Rich Tea iddo. Eisteddai hi yno, ei *kimono*'n hanner agor, y marciau ar ei breichiau'n ffres, gan wneud iddo boeni amdani. Ar ddiwrnod da, byddai Heskyn wedi bod yn coginio ar y Baby Belling yn ei ystafell a chreu gwledd felys o *profiteroles* gyda iogwrt Groegaidd a charamel hallt, neu *mille-feuille*, yr haenau tenau'n bentwr ac yn morio mewn menyn, yn ffyddlon i ryséit La Varenne o'r ail ganrif ar bymtheg.

Un noson gofynnodd Heskyn a gâi sugno ei bronnau ac roedd y geiriau fel chwip, oherwydd roedd y dyn roedd hi'n ei adnabod fel ffrind wedi gwneud rhywbeth y byddai cwsmer am iddi ei wneud: dyn oedd dyn oedd dyn, felly. Y noson honno gadawodd Hettie Roxie's, gan deithio drwy'r nos i ddociau Felixstowe, lle roedd dyn o Lithwania yn fodlon cynnig lloches iddi. Roedd yn ddyn treisgar, ond o leiaf nid oedd yn gofyn iddi am ffafrau rhywiol.

Y bore canlynol cododd Heskyn gan deimlo'n unig. Roedd ystafell Hettie'n wag a dim hyd yn oed nodyn iddo. Dim *kimono*. Dim tebot. Daeth llygoden fach i ganol y llawr i bigo ar ddarnau o bestri, a Heskyn yn ei llygadu fel cudyll. I gysuro'i hun bwytaodd fflapjac wedi ei foddi mewn rwm ysgafn o Dominica. Fflapjac a hanner, y cnau wedi eu rhostio'n berffaith i ychwanegu at y tinc caramel a rwm. Cododd fflasg o Porton Down i'w wefusau ac wrth i'r gwenwyn weithio gwelodd ffilm Super 8 ei fywyd yn fflachio'n sydyn o flaen ei lygaid. Cell mewn carchar. Ei fam yn gwenu. Dôl o flodau melyn a gwyn.

Wrth iddo yfed yr hylif, dihangodd yr aer o'r fflasg y ffordd arall, gan wneud sŵn uchel, unig, tenau. Aeth y nodyn allan drwy'r ffenest, gan hedfan o gwmpas y blaned, gan wneud sŵn fel banshi bychan bach, teithio fel fflach dros diroedd diffaith purdan, yn swnio fel chwiban plisman hen ffasiwn. Yna toddodd y sŵn, gan droi'n un â'r galaethau, yn dilyn rheol fawr ffiseg, bod popeth yn tueddu tuag at entropi.

Wrth i'r nodyn olaf deithio tuag at ddim, roedd y llygoden fach yn dal i fwyta, gan ddiystyru'r anifail mawr marw ar y llawr. Nid oedd y gwenwyn yn effeithio arni o gwbl. Naddodd blaenddannedd yr anifail ar y cnau bach perffaith, ac ar y dafnau bach o fflapjac moethus, wedi ei greu gan gogydd oedd yn medru gwneud cacennau mor ddidrafferth ag y mae rhai pobl yn tynnu anadl. Gallai hyd yn oed aelod maint bys bawd o deulu Rodentia, a chanddo ymennydd fel ffigys, ddweud hynny wrthoch chi.

Pob un â'i stori

Teimlai Rhodri Marshall yn hapus iawn wrth ddechrau ei swydd newydd. Yn ei siwt newydd o M&S. A'i sachell newydd Timbuk2 ar ei ysgwydd. A hyder yn ei gerddediad.

Mewn cyfnod o wasgfa a cholli swyddi, a phan chwythai gwyntoedd oer iawn drwy galon pob economi, a phawb yn torri'n ôl ar weithgareddau o bob math, llwyddodd Rhodri i gael cytundeb dwy flynedd yn casglu cyfweliadau ar ran yr amgueddfa. Roedd Rhodri'n dal i alw'r lle yn Sain Ffagan, er bod yr enw wedi newid yn ddiweddar i Amgueddfa Hanes Cymru.

Y swydd oedd casglu hyd at ddau gant o gyfweliadau gan bobl ymhob cwr o Gymru, gan ddilyn map yr iaith Gymraeg yn ôl daearyddiaeth, oedran ac yn y blaen, eu holi gan ddefnyddio llawlyfr pwrpasol roedd y prosiect wedi'i baratoi, i sicrhau bod bylchau yn yr hyn a wyddom ni am hanes diweddar yn cael eu llenwi, a chan adlewyrchu'r ffaith fod gormod o dystiolaeth wedi ei chasglu am ambell beth, fel pa gêmau roedd pawb yn arfer eu chwarae ar iard yr ysgol. Ac roedd yn brofiad anhygoel o ddiddorol – bod mas ar yr hewl bob dydd yn ymweld â gweithwyr ffatri un diwrnod, a threulio naw awr yn cofnodi hanes bywyd hen wreigan mewn fferm ddiarffordd yn y bryniau uwchben Cimla dro arall, a phob un yn ffynnon ddiwaelod o hanes ac atgof a stori.

'Pob un â'i stori unigryw' – dyna ddywedodd y boi o'r amgueddfa oedd wedi esbonio'r technegau a'r canllawiau i'r ymchwilwyr. Ie, pob un â'i stori, dim ond i chi wybod sut i ofyn, sut i ddenu'r stori allan i'r goleuni.

Ar un o'i ddiwrnodau cyntaf yn y gwaith aeth Rhodri i Sir Benfro, i bentre bach doedd e erioed wedi clywed amdano o'r blaen, gyda rhai o'r gerddi taclusaf iddo'u gweld yn ei fyw, gyda *dahlias* anferthol o bob lliw a llun. Aeth i gyfweld â menyw oedd wedi dweud wrtho'n blwmp ac yn blaen nad oedd gwerth iddo deithio'r holl ffordd o Gaerdydd i'w holi gan nad oedd ganddi unrhyw beth diddorol i'w ddweud a hithau wedi byw bywyd di-ddim a diddigwyddiad – dim gŵr, dim plant, dim cancr, dim cyfrinachau, dim yw dim. Dim ond gwaith, a'r gwaith hwnnw'n ddim byd mawr. Ysgrifenyddes mewn cwmni o gyfreithwyr di-glem fu hi, ac yn ystod ei chyfnod yno roedd un partner heb ddysgu ei henw hyd yn oed. Ond roedd hi'n hapus yno, yn enwedig ar ddiwedd dydd pan fyddai'n mynd â'r post i'r Swyddfa Bost, a hithau'n teimlo'n bwysig, ac yn angenrheidiol i ddyfodol y cwmni am yr ugain munud hynny bob dydd.

Hyd yn oed ar ôl iddi ateb y drws, udodd Mrs B13 (roedd Rhodri'n rhoi rhif i bob person er mwyn sicrhau eu preifatrwydd) ei mantra... nad oedd ganddi unrhyw beth gwerth chweil i'w gyfrannu. Ond gan fod Rhodri wedi clywed bod gan bawb ei stori, wedi clywed nifer dda ar dapiau'r boi o'r amgueddfa, ceisiodd dawelu ei hofnau wrth iddo drefnu'r offer recordio yn ddi-ffws ar y ford fawr yn y gegin.

Roedd y cyfweliad i fod i ddigwydd mewn tair rhan ar ddeg, gan symud yn raddol drwy wahanol gyfnodau bywyd. Erbyn gorffen paned o de a sgonsen hyfryd gyda jam mefus cartref, dyma'r fenyw'n dechrau esbonio sut yr aeth hi i'r cyfandir yn y tridegau, ac esbonio'r problemau roedd hi wedi eu hwynebu. Fe wnaeth rhywun ddwyn ei chês yn y porthladd yn Hamburg, a gwelodd hithau'r lleidr yn diflannu rownd y gornel, gyda phob sgrapyn o'i dillad. Yn ffodus dyma fenyw oedd yn teithio ar yr un llong yn clywed yr halibalŵ wrth i Mattie… sori, Mrs B13, weiddi, udo a llefain, a chynnig prynu dillad newydd iddi.

A dyna ddigwyddodd. O fewn hanner awr roedd Mrs B13 yn siopa am setiau cyfan o ddillad yn un o siopau mwyaf ysblennydd dinas Hamburg (a Mrs B13 ddim ond wedi bod i Manchester Stores, Llambed cyn hynny) a'r fenyw'n hapus i brynu unrhyw beth… unrhyw beth, Meine Frau… oherwydd roedd ei merch hi wedi marw dair blynedd ynghynt ar ôl damwain anghyffredin pan dagodd ar garreg eirinen wlanog. Pan adawodd y siop edrychai fel tywysoges oedd yn byw yn un o'r cestyll tylwyth-tegaidd sy'n codi fel madarch hud ar lannau'r Rhein.

Ond nid dyna'r stori wnaeth lorio Rhodri. O na.

Fis ar ôl cyrraedd yr Almaen dyma Mrs B13 yn cael gwahoddiad i fynychu rali, a hithau'n tybio taw rali ffermwyr ifanc oedd e. Ond wrth iddi ddechrau disgrifio'r rali, dyma Rhodri'n sylweddoli ei fod yn gwrando ar fenyw o Sir Benfro, yn disgrifio mewn Cymraeg afieithus, y profiad o fynychu un o raliau Nuremberg.

'O'dd 'na lot fowr o'r fflags â'r swasticas arnyn nhw ac

Adolf Hitler ei hunan yn sefyll ar lwyfan, ond o'ch chi ffili gweld lot ohono fe, ro'dd e mor bell. Ond weles i ei fwstás e, o do, a gweld pawb yn codi eu breichiau ac yn gweiddi "Sieg Heil". Ro'dd pawb fod i neud e, hyd yn o'd fi, ac ro'dd y lle dan ei sang gyda Jyrmans mewn iwnifforms i gyd. Ro'dd lot fawr o bobl bwysig y Reich 'na, i gyd yn dathlu bod diweithdra wedi lleihau ers i'r Natsïaid ddod i rym. Gawn ni weld, nawr, ie… Reichsparteitag der Arbeit, 'na beth o'n nhw'n ei alw fe, dathliad llafur, achos ro'n nhw wedi creu lot o waith, drwy greu peiriannau rhyfel, fel yr holl danciau 'na, i fflatno Poland.

'Ond ro'dd un peth yn sefyll mas – ro'dd pob un yn addoli Hitler. Chi'n gwbod, o'dd e fel duw bach iddyn nhw, duw bach 'run seis â Charlie Chaplin, wir i chi. Ond yn y rali 'ma ro'dd Albert Speer – chi wedi clywed amdano fe? Y dyn wnaeth y sioe oleuade, The Cathedral of Light, dwi ddim yn cofio beth o'n nhw'n galw fe yn Almaeneg. Ta p'un, o'dd 'da chi'r holl oleuade 'ma – fel y rhai o'n nhw'n sheino dros Lunden pan ddechreuodd y bomio nes mlân. Canno'dd ohonyn nhw, canno'dd o oleuade mawr cryf yn saethu golau lan i'r awyr, digon i neud i chi feddwl eich bod chi'n edrych ar walie rhyw eglwys ryfedd, wedi ei neud o olau. Ar ôl cyrraedd gatre – o'n i'n byw gyda theulu neis, pobl gynnes, ond eu bod nhw'n mynd i'r blincin ralis 'ma fel ma rhai'n mynd i'r bingo – a ta p'un, pan gyrhaeddon ni gatre ro'n nhw'n dweud bod brawd ymerawdwr Siapan wedi bod 'na, a'i fod e wedi codi ei law i weud "Heil Hitler" fel pob un arall. O'dd hynny'n arwydd o bethe i ddod, fel ni gyd yn gwbod…'

Syfrdanwyd Rhodri gan dystiolaeth yr hen fenyw 'ma oedd wedi tyngu nad oedd ganddi ddim byd diddorol i'w ddweud, yn creu'r fath luniau, o'r dynion yn eu lifrai, a'r baneri swastica mawrion yn hongian y tu ôl i'r llwyfan, a'r dyn bach fel Charlie Chaplin yn eu cyflyru nhw i ddychmygu dyfodol gwell, a theyrnas newydd, a hyd yn oed brawd ymerawdwr Siapan yn dod yr holl ffordd i gytuno, neu i fesur eu rhan nhw o'r diriogaeth newydd ar y map newydd sbon.

Ar y ffordd adre, yn gwrando ar CD Steve Eaves ac yn canu ffwl pelt mas o diwn, gwibiai delweddau drwy ben Rhodri, nid yn unig o'r rali enfawr yn llawn Natsïaid, ond hefyd o'r diwrnod cyntaf yn y gwaith, pan alwodd i weld hen löwr oedd wedi ei garcharu gan y Siapaneaid. Boi yn byw ym Medlinog oedd e, a chanddo sŵn y mandrel a'r pic yn ei acen, yn drwm ac yn siarp 'da'r Wenhwyseg, ac roedd Meurig Talfryn Walters, neu BD14, wedi cael ei orfodi i weithio dan ddaear ar ôl i'w garcharwyr ddeall ei fod yn dod o Gymru.

A dyna lle fuodd e'n gweithio, mewn tywyllwch llwyr, yn cribinio'r glo gyda'i ddwylo os oedd rhywun arall yn defnyddio'r un rhaw oedd ganddynt rhyngddyn nhw. Ond un diwrnod diflannodd y giards, heb siw na miw. Roedd y dynion i lawr yn y düwch yn tybio, neu'n amau, taw tric oedd hyn ac y bydden nhw'n codi i'r wyneb ac yn cael eu saethu. Ta p'un, ar ôl tri neu bedwar diwrnod o ddyfalu a drwgdybio, dyma'r dynion yn penderfynu dringo lan y siafft. Erbyn hyn roeddent mor sychedig fel bod yn rhaid gwneud rhywbeth, hyd yn oed os oedd marwolaeth fwy sydyn yn eu hwynebu wrth gyrraedd top y twnnel.

Dyma BD14 yn cyrraedd y top ac yn cael ei ddallu gan oleuni. Doedd dim sôn am y giards, dim ond y golau aruthrol yma, gorfoledd o oleuni, cymaint yn wir nes ei fod yn annaturiol, yn arallfydol. Aeth mis heibio cyn i BD14 ddeall ei fod e wedi cyrraedd y top ar yr union bryd pan oedd bom Hiroshima wedi ffrwydro. Roedd y cymylau welodd e yn dipyn mwy na chymylau, ac yn arwydd bod y rhyfel ddiawl bron ar ben. Cwmwl fel shrwmp, madarchen fawr wenwynig yn taenu sborau o farwolaeth bur, hirhoedlog, i ladd cenedlaethau.

Ond nid dyna'r olaf o'r rhyfeddodau o gyfnod y rhyfel ddaeth i'r fei. Teithiodd Rhodri i un o'r pentrefi ôl-ddiwydiannol 'na sy'n troelli o gwmpas siop Spar, yn lle'r capel a chlwb y gweithwyr, a hyd yn oed y bobl sydd yn mynychu'r siop yn chwilio am fargen ar y silff seidar cryf neu lager-bwrw-chi-mas o'r Iseldiroedd yn hytrach na chlebran neu gloncan gyda chymdogion. Roedd y ciw wrth y til y bore hwnnw, wrth aros i brynu tocyn loteri, fel pasiant tatŵs. Gofynnodd Rhodri y ffordd i 13, Margot Villas i'r fenyw y tu ôl i'r til, a mentro dweud ei fod yn mynd i weld Iori. Edrychodd Rhodri ar ei thatŵs, gyda Yoda o Star Wars yn pipo mas o'i chrys, a chrëyr glas yn hedfan o gwmpas ei gwddf, a diolch iddi.

Roedd Iori'n un o'r hen ddynion rhyfedd 'na sy'n gwneud i chi ddymuno ei fod yn wncwl i chi, gyda barf Siôn Cornaidd a gwên lydan, agored, i wneud i chi deimlo'n gyfforddus o fewn eiliad. Yn wir, o fewn munudau roedd

Rhodri mas yn y sied gefn yn mofyn llwyth o danwydd i stoco'r tân oherwydd roedd Iori, neu CE03, wedi awgrymu eu bod nhw'n cael 'tân da i dwymo'r geiriau'.

Disgrifiai Iori blentyndod oedd yn debyg iawn i blentyndod pawb arall yn y fro. Ond pan ddechreuodd siarad am ei fam, yn yr adran cwestiynau addysg rhyw, dechreuodd yr hen ddyn gochi a phesychu mewn embaras, ac roedd Rhodri'n tybio ei fod yn rhan o genhedlaeth oedd wedi dysgu am ryw drwy edrych ar arferion caru anifeiliaid y maes, a phriodasau y buarth a'r cae.

Ond roedd CE03 am gyffesu rhywbeth pwysig, gan fod ei lais wedi disgyn i oslef isel, fel dyn yn eistedd ar bwys y cwt cyffes mewn eglwys Gatholig ac yn aros i esbonio ei gamweddau mawr. Cliriodd CE03 ei lwnc cyn pwyso'i ên yng nghawell ei law dde.

Broga siaradodd yn gyntaf, sŵn cryg, hesb, ond wedyn dyma'r hen ddyn addfwyn yn dechrau drachefn...

'O'dd Mam yn lico'r Mericans ddath draw adeg rhyfel. Ro'dd 'na gamp GIs lawr ar bwys Rhyd-oer, cannoedd ohonyn nhw, yn enwog am eu haelioni – gwm cnoi, sanau silc, pob math o gontraband do'ch chi ddim yn medru'u ca'l rownd fan 'yn, hyd yn oed ar y Farchnad Ddu, felly sdim rhyfedd eu bod nhw'n boblogaidd, heb sôn am y ffaith eu bod nhw i gyd yn siarad fel Gary Cooper neu Spencer Tracey. Ro'dd menywod yn meddwl amdanyn nhw fel mŵfi stars, a sêr yn eu llygaid, yn llawn rhamant, er rhaid i chi gofio taw dyn'on ifainc o'n nhw, a'u meddyliau ar un peth yn unig.'

Ceisiodd Rhodri broffwydo beth roedd yr hen ddyn

druan yn mynd i'w ddweud nesaf, gan dybio ei fod yn mynd i ddatgelu bodolaeth hanner brawd, efallai hanner brawd o waed cymysg, plentyn llwyn a pherth, a'r berth honno rywle ar bwys y gwersyll llawn sigarennau a sanau silc. Ond nid oedd Rhodri'n meddwl ar hyd y llinellau iawn, o bell ffordd.

'O'dd Mam yn… wel… yn boblogaidd gyda'r GIs…'

'Poblogaidd?'

'O'n nhw'n lico'i bod hi'n treulo amser gyda nhw… dros nos, os y'ch chi'n deall beth fi'n trial dweud. Ro'dd Mam yn derbyn arian wrthon nhw, yn ogystal â'r ffags, a'r poteli wisgi, *bourbon* neu ta beth chi'n galw fe.'

Gellid clywed y tawelwch, teimlo a gwerthfawrogi natur ac ansawdd y tawelwch yn yr ystafell: dim ond craclo'r glo mân yn ffrwtian-losgi, yn cracian drwy dawelwch ag ansawdd melfedaidd, trwchus, tew.

'O'dd Mam yn butain adeg rhyfel. Dwi heb ddweud gair am hyn wrth unrhyw un erio'd, ond dwi eisiau i rywun wbod, i gael gwared ar y gyfrinach. Pan aethon nhw i Normandi, ar gyfer y D-Day *landings*, wnaethon nhw fynd â Mam gyda nhw. O'dd hi yna adeg D-Day, yn rhedeg lan y traeth ymhlith y cyrff i gyd.'

Er bod Rhodri yn ei chael hi'n anodd credu'r stori yn ei llawnder, gallai weld y fenyw â'i phen i lawr ar waelod y cychod glanio, wrth i'r dynion gerdded mas gyda'u reiffls M1 uwch eu pennau i gadw'n sych, a'r awyrennau'n glawio bomiau, a bwledi a shrapnel yn tasgu'n fetel, a'r twyni tywod yn chwythu'n ddwst, a'r gyflafan o fewn munudau yn waeth na'r un gyflafan arall.

Bu bron i Rhodri fethu gorffen y cyfweliad oherwydd y cawl o ddelweddau'n ffrwtian ac yn tasgu yn ei ben, o sawl ffilm a sawl ongl... llun eang, panoramig megis CinemaScope, yr holl gychod bach a mawr yn dod i'r lan, a llun mwy dramatig, Americasentrig, yn null Spielberg. A fflachiadau o ffilm ddogfen Pathé News, gyda llais yn llefaru mewn acen gwydr crisial, dosbarth uwch, yn sôn am ddewrder ac aberth. Ond yn fwy na dim, meddyliai am y fenyw yma o dde Cymru, y ffefryn yma, oedd wedi mynd gyda'r llu o ddynion dewr i ymladd Hitler.

Bellach, roedd yr hen ŵr wedi siarad gormod, ac ystumiodd gyda'i fys ei fod am i'r recordio stopio, a chario mlaen yn ffres rywbryd eto. Ond roedd Rhodri'n amau a gâi'r cyfle eto i gyfweld â'r hen ddyn, nawr ei fod wedi pardduo enw da ei fam ei hun.

Dros y penwythnos gwrandawodd Rhodri ar y tapiau eto, gan ryfeddu, a gwneud nodiadau manwl. Roedd y storïau wedi cydio ynddo, ac roedd gwir angen arno fe i wrando ar y lleisiau, yr hen leisiau, megis corws yn cydblethu yn ei ben. Pawb â'i stori. Pawb â'i stori anhygoel.

Yr wythnos ganlynol aeth i weld hen wreigan oedd yn byw mewn bwthyn bach nid nepell o Bont-iets, ac roedd y goleuni uwchben y caeau wrth iddo yrru yno fel tonnau o olau gwyllt yn golchi'r tir, yn cario o Fae Caerfyrddin, yn ddisglair-lachar, a'r tarmac ar yr hewl o'i flaen yn edrych fel rhuban arian, neu sglein o wydr.

Roedd Rhodri wedi mynd i'r bwthyn bach oherwydd taw dyna'r unig le yng Nghymru bellach i glywed yr hen storïwyr, y rhai go iawn, yn adrodd eu ffefrynnau, rhyw fath o gof cenedl. Byddai criw o bobl yn dod i wrando, a cheisio cofio'r hyn roedd Marged, Marged Fach, yn ei ddweud a'i adrodd.

Nid oedd Rhodri wedi gweld y fath le y tu allan i Sain Ffagan. Roedd crochan â rhyw hylif digon llwydaidd yn mud-ferwi yn sefyll ar dreipod haearn dros dân mawn. Gan nad oedd gan Marged ffôn na thrydan, na chyflenwad dŵr, bu'n rhaid iddo gysylltu â hi drwy gymdoges iddi, a chafodd ateb yn awgrymu y dylai gyrraedd yn y bore, a pheidio recordio ar yr ymweliad cyntaf, dim ond gwrando.

A dyna a wnaeth, gan yfed paneidiau o de anhygoel o gryf a blasus, wrth i'r hen fenyw adrodd ei storïau mewn llais main ond awdurdodol, yn sôn am ganhwyllau cyrff a bleiddiaid, babanod yn diflannu a bwganod yn codi braw ar ddiaconiaid. Deuai'r storïau'n un llif, un yn rhaffu ac yn cydio yn y nesaf, a hithau'n hoelio sylw pawb, oedd yn blasu pob sillaf, yn ennyn diléit ymhob brawddeg a mynegiad.

'O, chi'n rhai da am wrando,' meddai Marged Fach, ei llygaid duon fel cwrens dan raeadr o wallt gwyn, gwyn, gwyn. 'Nid pawb sy'n gwybod sut i wrando. Mae 'na wrandawyr da a gwrandawyr gwael. Ond os y'ch chi'n gwbod be chi'n neud, gallwch eu dal nhw fel slywod, eu dal nhw'n sownd, yn dynn yng nghledr eich llaw.'

Sylweddolodd Rhodri ei bod hi'n ei annerch yntau, yn ateb y cwestiynau roedd ganddo yn ei ben. Eisteddai'r lleill fel cynulleidfa gyson, fel disgyblion iddi, bron.

'Ond fe gewch chi rai sy'n methu eistedd yn dawel, yn eistedd yn anesmwyth ac yn symud, symud drwy'r amser. Sdim gobaith 'da nhw. Meddwl taw nhw yw canolbwynt pob stori. Neu efallai eu bod nhw eisiau gwbod diwedd y stori cyn pawb arall.'

Edrychodd yn bwrpasol ar ferch oedd yn eistedd yn y tu blaen, agosaf at y crochan, oedd wedi bod yn nyddu ei gwallt â'i bysedd am funudau hir.

'Dwi'n cofio, chydig flynyddoedd yn ôl, ro'n i'n adrodd stori'r Gaseg Ddu ac roedd 'na ddyn ifanc yn eistedd o 'mlaen i yn edrych ar ei watsh bob whip-stitsh, yn methu'n deg â setlo. Ond gallwn i weld ei fod e'n ysu i glywed diwedd y stori, a beth ddigwyddodd i'r gaseg. Ond roedd e'n sbwylo'r stori i bawb arall a dyma fi'n gofyn iddo fe beth oedd yn bod a dyma fe'n dweud ei fod yn gorfod cwrdd â rhywun ymhen yr awr, a gallai weld bod tipyn o'r stori ar ôl. Dyma fi'n awgrymu, os oedd e eisiau gwbod beth oedd yn digwydd i'r gaseg a chlywed diwedd y stori'n glou, ei fod e'n mynd i'r gegin i siarad â'r hen Anti Martha.

'Yn y gegin roedd menyw oedd hyd yn oed yn fyrrach na fi, dim mwy na phedair troedfedd, os hynny, a hithau'n troi at y dyn a gofyn beth oedd e eisiau ac yntau'n esbonio ei fod e wedi dod i glywed diwedd y stori.

"A ph'un stori oedd Marged yn adrodd?" gofynnodd Anti Martha, gan arllwys llwyth o ddŵr i debot enfawr, oedd bron yr un maint â hi.

"Yr un am y gaseg, gyda phedolau sy'n tasgu tân," meddai'r dyn.

"O, ie, honna, ma honna'n mynd mlân am byth."

"Wel, roedd hi'n dweud y byddech chi'n gallu gweud wrtha i beth sy'n digwydd."

"Alla i ddim," meddai Anti Martha, gan esbonio nad

oedd hi ei hunan wedi clywed diwedd y stori ond yn awgrymu y dylai'r dyn fynd drwy'r drws i'r pasej ac yn yr ystafell gyntaf gofyn i'w mam, oedd yn y gwely yno.

'Aeth y dyn yno'n syth. Roedd y golau'n brin, dim ond un gannwyll egwan, a'r fflam bron â marw, ond digon o olau i weld hen, hen fenyw, llai nag Anti Martha. A dyma hi'n gofyn i'r dyn mewn llais egwan, llais pluen ar yr awel, beth oedd e eisiau a dyma fe'n esbonio am yr eilwaith. Gallai weld yr hen, hen fenyw yn crychu ei haeliau ac yn dweud nad oedd hithau chwaith wedi clywed diwedd y stori, ond yn awgrymu ei fod yn mynd ymhellach i lawr y pasej lle roedd ei mam hithau'n byw, er ei bod mewn gwth o oedran, ac wedi bod yn y gwely am amser hir, hir.

'Nawr roedd y dyn ifanc 'ma'n rhyfeddu bod cymaint o stafelloedd mas y bac – mae'r hen fythynnod yma'n gallu bod yn dwyllodrus – ond dyma fe'n mynd ymhellach i lawr y pasej lle roedd hen wely haearn a phentwr o flancedi a charthenni. Ac ar ganol y gwely roedd corff bach, bach, bach, yn bentwr o esgyrn llwydion a sgrapiau bach o wallt ar ei phen.

'Roedd gan y dyn ofn yn ei frest erbyn hyn, ond dyma fe'n gofyn ei gwestiwn drachefn ac meddai llais fel llyffant wrtho nad oedd hi erioed wedi clywed diwedd y stori chwaith, ond y byddai'n syniad iddo fynd drws nesa i ofyn i'w mam. Felly, mae'r dyn yn mynd yn ei flaen eto ond y tro hwn, er bod 'na wely haearn, doedd dim blanced na chlustog na dim byd ar gyfyl y lle, dim ond cist bren ar waelod y gwely. Dyma fe'n agor y gist a gweld, gyda dychryn, o ie, dychryn go iawn y tro hwn, cot bach oddi mewn. Yn y cot roedd 'na greadur dim mwy na maint dol, ac roedd y cnawd mor denau fel y gallech weld organau ei chorff.

'Mae'r dyn erbyn hyn eisiau ei heglu hi o 'na ond mae'n clywed llais sych, fel dail crin yn sibrwd ar lawr y goedwig. Dyma fe'n gofyn ei gwestiwn eto a hithau'n ateb sut ar y ddaear mae hi fod i wybod diwedd y stori ac yn awgrymu ei fod yn mynd i weld ei mam hithau, gan rybuddio ei bod hi'n hen iawn, iawn, iawn ar yn dweud y dylai agor y bocs sgidiau ar y llawr ar bwys y gist. O fewn y bocs does dim byd ar wahân i wlân cotwm melynaidd a dim byd arall, nes ei fod yn craffu yn y golau egwan a gweld bod tri pheth yno – clust, llygad a cheg. Mae'r llygad yn syllu ar y dyn, a'r geg yn gofyn beth mae e eisiau. Mae'n dodi ei geg ar bwys y glust ac mae'r geg yn dweud, "Na, rhaid dechrau ar ddechrau dy stori di."

'Felly, mae'r dyn yn dweud wrthi sut y cyrhaeddodd y bwthyn, a'r geg yn dweud wrtho am ddechrau cyn hynny, a chyn hir mae wedi disgrifio ei gyfnod yn y brifysgol a'r glust yn sôn drosodd a throsodd am y dechrau, i ddechrau yn y dechrau, i fynd yn ôl ymhellach.

'A dyma fe'n mynd yn ôl i'w blentyndod, i'w atgofion cyntaf, ac yna i'w rieni, a'u rhieni nhwythau, a thrwy achau'r teulu i'r hynafwyr gynt ac i'w hen, hen gyndeidiau, ond hyd yn oed wedyn mae'r geg yn gofyn iddo beth ddigwyddodd cyn hynny. Mae'r dyn ifanc wedi blino'n llwyr ond mae'r geg yn ei herio gan ofyn drosodd a throsodd, "Beth ddigwyddodd cyn hynny?" ac mae'n siglo ei ben, bron â llefain, cyn iddo weiddi, "Dwi ddim yn gwybod! Dwi ddim yn gwybod beth ddigwyddodd cyn hynny. Dwi jyst ddim yn gwybod."

"A dwi ddim yn gwybod sut mae stori'r Gaseg Ddu'n gorffen chwaith!" sgrechia'r geg, cyn dechrau chwerthin yn ddieflig, tra bod y llygad yn dal i syllu arno, fel ma un llygad wyllt yn dueddol o wneud, wrth droi a throi yn y jeli gwyn.'

Ie, pob un â'i stori, meddyliodd Rhodri, wrth yrru o'r bwthyn bach nid nepell o Bont-iets, dim ond i chi wybod sut i ofyn, sut i ddenu'r stori allan i'r goleuni. A hen fenywod fel Marged Fach yw'r rhai sy'n gwarchod yr hen, hen storis, y rhai gorau, ontyfe? Dyna'r storis fydd yn cario mlaen o un genhedlaeth i'r llall, tan ebargofiant, yr atalnod llawn hwnnw.

Seren ddu

MAE E'N GWYBOD bellach fod pawb ar y blaned wedi anghofio amdano ac nad oes gobaith cael cymorth o Cape Canaveral, o Ground Control, na chyflenwad bwyd nac ocsigen i gyflenwi'r tanciau sydd bron yn wag. Edrycha drwy'r porthdwll ar lesni ei gartref, ar y moroedd mawr, yr anialwch, y ddaear yn troi fel y mae wastad wedi troi, yn urddasol, yn brydferth, yn gaeth i effaith haul a lleuad, disgyrchiant a gwacter.

Fel y mae pob plentyn ysgol yn gwybod, ymhob centimetr sgwâr o ofod mae tri chan ffoton microdon sydd yno ers y Big Bang, tystiolaethau bychain, bychain, bychain o'r tro diwethaf iddynt gwrdd â mater pan oedd y bydysawd yn groten fach, 300,000 o flynyddoedd oed. Drwy grwstyn sych arwyneb y lleuad. Drwy helmed Tom. Drwy ei ferch fach na fydd yn ei gweld fyth mwy.

Nid yw'n disgwyl clywed llais yn dod drwy'r helmed ac yn sicr dyw e ddim yn disgwyl llais menyw'n siarad. Mae'n ddigon i roi harten iddo ac yntau filltiroedd lawer o unrhyw ysbyty.

'Bowie, ist du? Bowie, können Sie mich hören?'

'Fraulein,' ateba. 'I'm afraid I only have ein bisschen Deutsch, just enough to get by, and by that I mean enough to buy a schnitzel, maybe ein bier. My name is Major Tom. Can you hear me?'

'Major Tom, der astronaut. Like in the song?'

'That would be me, yes.'

'But I rang the number Bowie gave me. When he left.'

'I can't explain what's happened. I have my own problems, I'm afraid. I've been abandoned…'

Mae statig yn boddi ei eiriau nesaf cyn i'r cysylltiad farw. Yn ei hystafell yn edrych allan ar Bösebrücke mae'r hen Almaenes yn dal y ffôn yng nghledr ei llaw, fel petai'n gafael yn llaw ei chariad. Yna, mae cloch y drws yn canu ac mae hi'n ateb yn ddi-ffws, ond yn araf ar y naw, i weld ei chymydog ifanc, artist cydwybodol a phrysur. Mae'r paent ar ei oferols yn cadarnhau hynny.

Mae'n gofyn a yw hi'n iawn, gan ei bod hi'n edrych fel drychiolaeth, ond mae Helga'n ateb ei bod newydd siarad ar y ffôn gyda hen, hen astronot sy'n cylchu'r ddaear heb i neb wybod. Mae'r artist ifanc, Tennessee McGrath o Oklahoma, yn synnu, ac yn tybio nad yw'r fath beth yn bosib, nid heddiw, gyda'r holl loerennau sydd ymhlith y sêr, yn nodi popeth, yn clustfeinio, yn anfon ac yn derbyn negeseuon, i gyd yn troi'n rhifau, y rhifau dirifedi sy'n creu'r byd modern. Mae Helga'n rhoi glasied bach o *schnapps* blas bricyll iddo ac mae'r ddau'n eistedd yno, fel hen gariadon ar fainc yn y parc, yn synfyfyrio'n dawel. Yna mae'r dyn yn codi gan ddatgan bod ganddo waith i'w wneud ac yn addo galw'r un pryd yfory.

Mae gan Tennessee naw tiwb o baent drudfawr Black Spinel, sydd bron mor ddrud â Cadmium Yellow, ac mae'n gosod y rhain mewn un rhes deidi ar y bwrdd mawr wrth ochr y cynfas gwag. Mae'n edrych ar y gwacter ac yn ceisio dyfalu beth fyddai'r ffordd orau o gael y paent i lawr yn un haen. Dewisa frwsh llydan, a phenderfynu peintio stribedi o'r top i'r gwaelod, gan wneud yn siŵr bod dyfnder pob haen yn gyson. Mae'r cynfas yn enfawr, ac mae'n rhaid iddo gael hoe o bryd i'w gilydd fel nad yw ei gyhyrau'n crynu dan y straen o ymestyn a gosod y düwch yn ei le.

Mae'n chwarae miwsig, gan ei fod yn gweithio'n well i gyfeiliant. Un dewis sydd, y dewis amlwg. Cerddoriaeth amgylchynol Brian Eno – *Apollo: Atmospheres and Soundtracks*. Y nodau'n crwydro ymhlith absenoldeb sain, miwsig sy'n atgoffa dyn o dawelwch mynachdy mewn man uchel, neu ffurfafen planed arall. Daw'r miwsig ato ar ffurf tonnau, y moleciwlau'n crynu ac yn siglo. Ond mae 'na bethau eraill yn taro'i gorff a'i balet, a'r tiwb o baent du mae'n ei wasgu rhwng ei fysedd lliw cwyr. Bob eiliad, mae 600 biliwn o fân ronynnau yn bombardio'r corff. Dônt o ffrwydriadau niwclear yn ddwfn yng nghrombil yr haul, yn atgofion pell iawn, iawn o ynni sydd y tu hwnt i'r deall.

Fesul centimetr mae'r cynfas yn llenwi, yn ymestyn tua'r gorffenedig. Un petryal ffurfiol mewn du. Un gwacter 'i adlewyrchu stad yr enaid cyfoes', fel y bydd y rhaglen yn yr oriel yn nodi maes o law. Bymtheg awr yn ddiweddarach, a'i freichiau'n gwegian, a'i lygaid yn ei chael hi'n anodd ffocysu, mae'n cymryd cam yn ôl i arsyllu ar hynodrwydd ei waith. Mae'r du yn llenwi'r ffrâm, yn denu'r llygad, fel bod rhywun yn gorfod edrych yn fanwl i weld gwaelod y ffynnon, cyn sylweddoli nad yw hynny'n bosib. Meddylia am enw i'r gwaith. Dark Star efallai? Na, Blackstar. Mae hwnna'n well. Dyna'r un. Teitl y 'gofod' hwn heb unrhyw olau sêr, dim ond düwch, yn denu sylw, yn mynnu sylw, yn llyncu'r golau.

Yn Fflorida mae gwyddonwyr yn ceisio cofnodi cyfraniad Major Tom, a aeth ar goll ar un o'r anturiaethau cynnar, hanesyddol i'r gofod. Ar ôl teirawr o drafod penderfynwyd anfon signal allan i'r bydysawd, i chwilio am rywun neu rywbeth fyddai'n deall ac yn gwerthfawrogi. O'r telesgop radio mawr ALMA yn anialwch Atacama yn Chile, anfon neges yn glir ar draws y diffeithwch du. 'Let's dance.' Ie, dyna'r neges i drigolion sêr Alpha Centauri a thu hwnt: 'Let's dance.'

Maen nhw wedi llosgi corff David Bowie yn ddiseremoni, a'i lwch wedi'i gymysgu â mwg y ddinas, ynghyd â'r monocsid sy'n arllwys mas o'r *yellow cabs*, a'r cemegau amryliw sy'n llifo dros yr Hudson o fudredd-diroedd New Jersey, y stêm o'r sybwe a thanau ffagal y digartref wrth y Bowery. Nid oes modd anadlu'r aer i ddod o hyd i'r gronynnau, nac unrhyw DNA ynddynt, felly mae Bowie wedi mynd, dim byd ar ôl ond ei waith. Ac mae hwnnw'n para: tra erys ei waith fe erys yntau. Mae Helga'n gwybod hynny...

Wrth iddi weu sgarff binc i'w chwrcath, Günther – gwaith sy'n fwy anodd nawr â'r llygaid yn pylu dan effaith glawcoma, a'i bysedd asgwrn ffowlyn yn clician fel castanetau – mae hi'n gwrando ar y caneuon olaf, y blodeuo anhygoel ar yr albwm a recordiodd Bowie wrth iddo farw.

Roedd David Bowie'n gwybod bod y gêm ar ben ond roedd am barhau i greu, i greu'n ffyrnig, yn unigryw, a'r ffrwyth i flasu fel yr un ffrwyth arall. *Blackstar*. 'Lazarus'.

Y chweched albwm ar hugain. Artist o'r radd flaenaf, yn canu ac yn cyfansoddi ar ei orau er gwaetha'r celloedd oedd yn rhedeg reiat yn ei gorff, yn ei ddifetha, ei danseilio a'i ddatgymalu. Yn ddewr, ac er gwaetha'r blinder fyddai'n plygu dyn cyffredin i'w benffliniau, i'w gwrcwd. A'r salwch fel ymosodiad, llwyddodd i greu campwaith yn ystod ei fisoedd olaf. Gwnaeth eraill 'run fath. Blodeuo yng ngwyll eu bywydau. Y Groegwr o fardd, Cavafy. Y nofelydd-cyfle-olaf, Lampedusa, ddaeth â'r llewpard i'r byd, *Il Gattopardo*. Beethoven, a wnaeth herio ei drefn ei hun yn ei gyfansoddiadau olaf. Rembrandt. Wagner. Matisse. Bach. A Bowie a'i albwm diwethaf. Yr athrylith-greadigaeth hon.

Mae Hegla'n gwrando ar sŵn yr hen ddyn yn heneiddio wrth ofyn 'Where Are We Now?' sy'n cyfeirio at Berlin ac at rai o'r llefydd y bu'n eu rhodio yn y ddinas. Yn gadael ar y trên o Potsdamer Platz. Ymlwybro ar hyd Nürnberger Strasse. Eistedd yng nghlwb y Dschungel, neu arsyllu ar y miloedd o bobl yn croesi Bösebrücke fel pryfed yn y glaw. Ac wrth iddi wrando mae'n sylweddoli cynifer o eiriau'r caneuon mae hi wedi'u cynaeafu dros y degawdau, eu trysoru drwy eu hailganu drosodd a throsodd gan ychwanegu ei hacen i'w lais ef, y Diwtoneg yn reslo'r geiriau allan o siâp.

Ac mae hi'n canu nawr, ei thafod yn ymrafael, wrth i'r strydoedd droi'n oren ddiwedd dydd. Ac yn ei gapsiwl, yn ei lais crynedig, diwedd oes, mae Major Tom yn ychwanegu harmoni. Maen nhw'n canu deuawd fel taw hon yw'r gân olaf, ac yn gweddïo am haul, a glaw a thân, a Bowie'n darogan rhyw fath o ddiwedd i'r gân. Yr un fydd yn para am byth, nes bod y pyramidiau'n erydu, a'r sêr yn disgyn i'r môr ac yn toddi'n hufen o oleuni, a'r nodau olaf yn dod o lwnc y person olaf sy'n canu marwnad am y ddynoliaeth. Chi'n gwybod pa un yw hi. Ymunwch yn y gytgan.

Am restr gyflawn o lyfrau'r Lolfa, mynnwch
gopi am ddim o'n catalog
neu hwyliwch i mewn i'n gwefan

www.ylolfa.com

lle gallwch archebu llyfrau ar-lein.

yLolfa

TALYBONT CEREDIGION CYMRU SY24 5HE
ebost ylolfa@ylolfa.com
gwefan www.ylolfa.com
ffôn 01970 832 304
ffacs 832 782